리턴마스터

리턴 마스터 7

류승현 장편소설

초판 1쇄 찍은 날 § 2018년 1월 15일
초판 1쇄 펴낸 날 § 2018년 1월 22일

지은이 § 류승현
펴낸이 § 서경석

총괄팀장 § 최하나
편집책임 § 이지연
디자인 § 신현아

펴낸곳 § 도서출판 청어람
등록번호 § 제387-1999-000006호
등록일자 § 1999. 5. 31
어람번호 § 제1-2829호

주소 § 경기도 부천시 원미구 부일로 483번길 40 서경B/D 3F (우) 14640
전화 § 032-656-4452 팩스 § 032-656-4453
http://www.chungeoram.com
E-mail § chungeorambook@daum.net

ⓒ 류승현, 2017

ISBN 979-11-04-91606-9 04810
ISBN 979-11-04-91429-4 (세트)

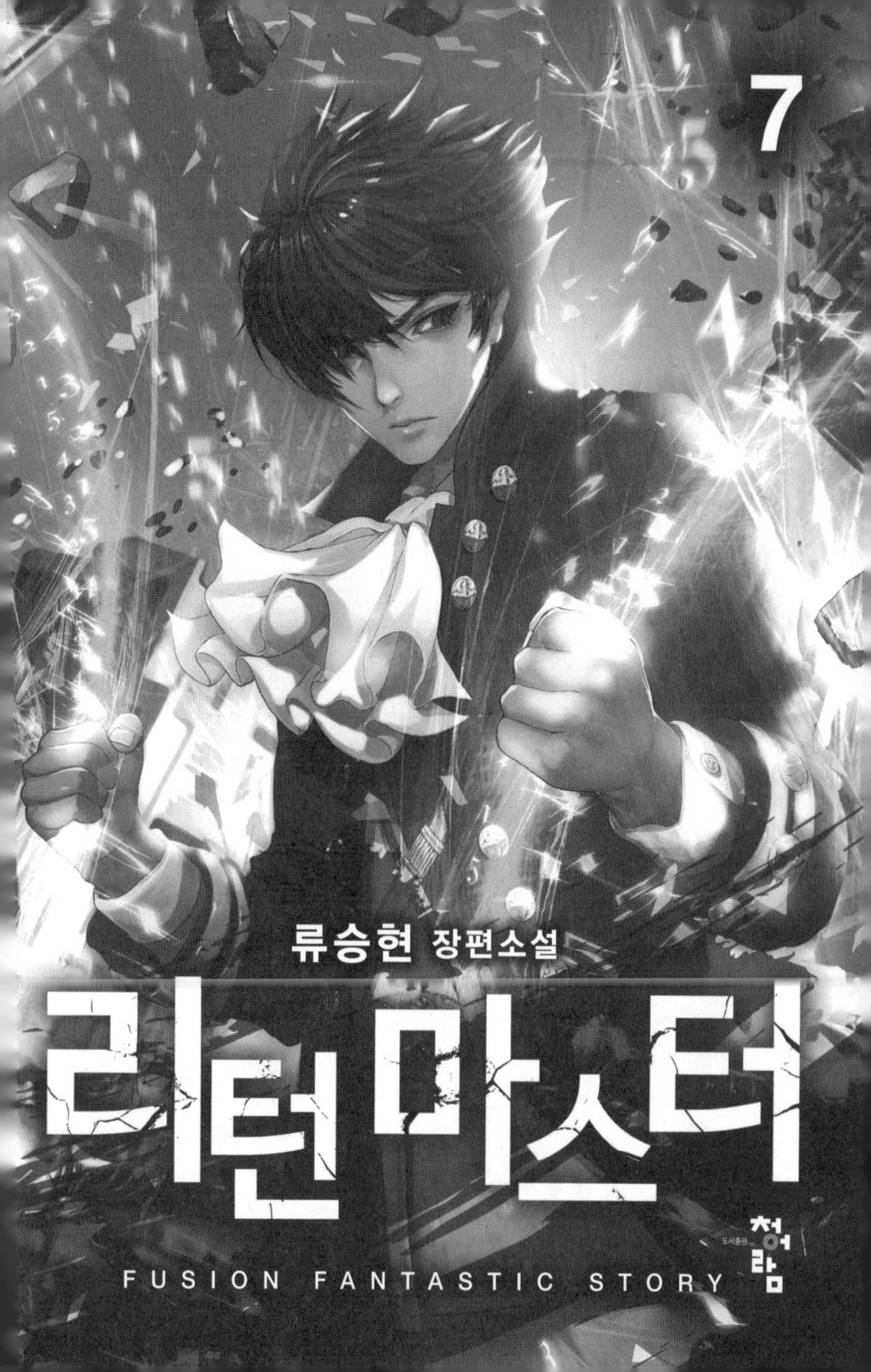
7
류승현 장편소설
리턴 마스터
도서출판 청어람
FUSION FANTASTIC STORY

리턴마스터

Contents

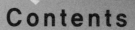

· 60장 ·
뱅가드 시가전

괴수의 본체는 '빅 스카'.

그리고 괴수의 몸에서 떨어져 나온 작은 괴수는 '스몰 스카'라고 부르기로 했다.

스카는 물론 랜드픽의 회장인 스카노스에서 따온 이름이다.

빅 스카는 뱅가드의 내곽 도시를 절반 이상 파괴한 다음, 본인이 처음 목격된 랜드픽의 본사 건물 근처로 돌아와 멈춰 있었다.

물론 그 본사 건물도 처참하게 무너졌지만.

그리고 스몰 스카들은 내곽 도시에만 머물지 않고 사방으로 흩어져 보이는 인간들을 마구 학살했다.

그리고 밤이 되자 다시 내곽 도시로 돌아와 빅 스카의 주변에서 동일한 포즈로 멈춰 있었다.

현재까지 확인된 스몰 스카는 모두 스물세 마리였다.

"후우……."

나는 심호흡을 하며 멀리 보이는 작은 괴수를 노려보았다.

스몰 스카.

키는 약 2미터.

본체와 마찬가지로 털이 없는 유인원을 연상시키는 녀석은 두껍고 긴 팔을 바닥에 늘어뜨린 채 석상처럼 웅크리고 있었다.

이름: 스몰 스카 ─ 11

종족: 변형체

레벨: 2

특징: 변형체인 빅 스카의 육체에서 분열해 나온 아종. 외관상 인간으로 보이는 모든 것을 공격한다. 해가 지면 활동을 멈춘다. 하지만 외부의 자극이 생기면 곧바로 반응한다.

근력: 289(303)

체력: 377(417)

내구력: 186(188)

항마력: 156(166)

특수 능력

오러: 0

마력: 0

신성: 0

저주: 77(77)

고유 스킬: 산성 체액(상급), 자폭

스캐닝 결과는 충격적이었다.

'어째서 이름이 스몰 스카로 되어 있지?'

그것은 우리가 불과 몇 시간 전에 임시로 정한 이름에 불과했다.

'설마 우연일 리는 없고, 우리가 처음으로 저 괴물의 이름을 지었기 때문일까?'

특징이 따로 표시되는 걸로 봐서는 명백하게 몬스터 취급을 하고 있다.

그렇다면 '스카'는 레비그라스에서 최초로 등장한 괴물일까?

스캐닝에 표시되는 몬스터의 이름은 누가 정하는 걸까?

스캐닝을 부여받은 다수의 인간? 혹은 초월체?

그런데 지금 스캐닝을 보유한 인간은 정작 나 혼자뿐인데?

나는 수많은 가설로 정신이 분산되는 걸 느끼며 세차게 고개를 저었다.

'아니, 지금 이럴 때가 아니다.'

지금은 싸워야 할 때다.

내가 신경 써야 할 것은 괴물의 이름이 아니라 스텟이었다.

'기본 스텟은 1단계 소드 익스퍼트 정도. 하지만 몬스터는 기본 스텟으로 단순 비교 할 수 없다. 전에 싸웠던 샌드 웜 킹도 기본 스텟 이상의 힘을 가지고 있었으니까⋯⋯.'

실제로 싸워본 자들의 보고에 따르면 2단계 소드 익스퍼트에 근접한 힘을 가지고 있다고 한다.

문제는 녀석들이 가지고 있는 고유한 스킬이었다.

[자폭 ─ 자신의 육체를 폭발시킨다. 물리적인 위력과 함께 체내에 보유하던 산성 체액을 사방에 뿌린다.]

바로 저 스킬 때문에 스몰 스카를 상대하던 수많은 인간이 비참한 최후를 맞이했다.

'뱅가드 연합군은 지금까지 총 열 마리의 스몰 스카를 잡았다. 하지만 사냥에 성공한 자들 중에 생존한 인간은 고작 두 명뿐이다.'

나머지는 모두 자폭에 휘말려 즉사했다.

그 위력은 1단계 소드 익스퍼트가 손도 못 써보고 찢기거나 녹아내리는 수준이라고 한다.

나는 전투 직전에 스스로를 스캐닝했다.

핵심은 오러와 마력 스텟이었다.

오러: 331(373)

마력: 403(403)

지금부터 나는 오러를 최대한 아끼며 스몰 스카를 사냥해야 한다.

마력은 회복시킬 수 있지만 오러는 불가능하니까.

"준비되셨습니까?"

옆에 있던 마리아가 작은 목소리로 물었다.

나는 박 소위의 비서실장이자 2단계 소드 익스퍼트인 그녀를 보며 고개를 끄덕였다.

"제 몸에 불이 붙으면 시작해 주세요."

"불요? 알겠습니다."

마리아는 칼을 뽑아 들며 심호흡을 했다. 나는 등 뒤로 펼쳐진 넓은 공터를 돌아보며 물었다.

"여기 원래 공원이었죠?"

"네. 내곽 도시에 몇 안 되는 산책 공원이었습니다. 그리고 오늘은 주한 님의 사냥터가 되겠지요."

"사냥터라… 그럼 몰이꾼 역할을 잘 부탁드립니다."

마리아는 빙긋 웃으며 고개를 끄덕였다.

그리고 나는 불의 정령왕인 노바로스의 강화를 발동시켰다.

화륵!

동시에 온몸에 불길이 솟구쳤다.

"……."

마리아는 놀란 눈으로 날 바라보다 이내 고개를 끄덕이며 무너진 건물 잔해 너머로 몸을 날렸다.

그와 동시에 아침 해가 완전히 떠올랐다.

나는 공터의 중심부로 뒷걸음치며 검을 뽑아 들었다.

눈앞에 아른거리던 3이라는 붉은 숫자가 사라졌다. 남은 목숨이 초기화됐다.

어제는 신성제국의 왕제에게 두 번 죽었다.

오늘은 대기업의 회장에게 과연 몇 번이나 죽게 될까?

＊　　　＊　　　＊

마리아는 앞에 있는 스몰 스카에게 컴팩트 볼을 날렸다.

콰과과과과과과과광!

키이이이이이에에에엑!

녀석은 기괴한 비명을 질러댔다.

추악한 살덩어리 같은 얼굴에는 오직 흉측하게 일그러진 주둥이 하나만 뚫려 있다.

하지만 눈알이 없다고 사물을 구분하지 못하는 건 아니다. 녀석은 사방으로 체액을 흘리며 마리아를 향해 돌진하기 시작했다.

그와 동시에 멀리 사방에서 수많은 괴성이 울려 퍼졌다.

키이이이이이익!

캬아아아아아아악!

키아아이아아으으어억!

그중에 압권은 단연 빅 스카가 내지르는 울음소리였다.

쿠우우우우워어어어어어어!

빅 스카는 공터로부터 약 1㎞쯤 떨어진 곳에 서 있었다.

해가 뜨자 녀석은 괴성을 지르며 사방을 두리번거리기 시작했다.

10미터는 될 법한 긴 팔을 이리저리 휘두르며.

하지만 당장 내 상대는 녀석이 아니었다.

'온다.'

나는 마리아가 유인해 오는 스몰 스카를 노려보며 자세를 잡았다.

마리아는 공터의 외곽을 둘러싼 건물의 잔해를 뛰어넘으며 소리쳤다.

"주한 님!"

동시에 추격하던 스몰 스카가 건물의 잔해를 몸으로 들이받아 뚫어버렸다.

콰과과과과과과광!

마리아는 공터의 중심부에 있는 나를 향해 일직선으로 달려왔다.

그러고는 바로 눈앞에서 나를 뛰어넘었다.

"부탁합니다!"

그리고 1초도 지나지 않아 그녀를 추격하던 스몰 스카가 코앞까지 육박했다.

키에에에엑!

적은 산성 용액을 흩뿌리며 괴성을 질렀다.

녀석이 지나온 모든 곳에서 하얀 연기가 솟구치고 있었다. 나는 주저 없이 녀석의 얼굴 한복판을 향해 칼을 내리 그었다.

첫 느낌은 지극히 단단한 고무 타이어를 칼로 내려친 것 같았다.

우직!

이윽고 고무 같은 외피가 갈라지고, 칼날이 녀석의 몸을 양분하며 파고 들어갔다.

힘도, 속도도 내가 월등히 앞선다.

하지만 적에겐 죽음과 맞바꾸는 필살기가 있었다.

칼날이 녀석의 가슴팍까지 파고든 순간, 녀석의 몸 전체가 순간적으로 부풀어 올랐다.

'지금이다.'

나는 이를 악물며 또 다른 정령왕의 힘을 발동시켰다.

'노바로스의 방벽!'

동시에 녀석의 몸이 작열하며 폭발했다.

푸확!

순간 눈앞의 모든 것이 뿌옇게 변했다.

동시에 나를 중심으로 사방 수십 미터의 모든 것이 들끓어 올랐다.

치이이이이이이이익!

그 모두가 적의 자폭으로부터 퍼져 나온 산성 용액이 일으키는 반응이었다.

강력하다.

1단계 소드 익스퍼트는 자폭 범위 안에서 즉사하고, 2단계 소드 익스퍼트조차 대부분의 오러를 소진할 만큼 막강한 위력이다.

하지만 나는 멀쩡했다.

우웅…….

내 몸은 붉은빛의 투명한 힘에 의해 보호받고 있었다.

이게 바로 정령왕의 방벽이다.

실전에서 사용한 것은 처음이었다. 하지만 얼마나 강력한 방어력을 가지고 있는지는 충분히 이해하고 있었다.

실제로 불의 정령왕 본인이 발산하는 열기를 완벽하게 막아줬으니까.

그 순간, 나는 몸속의 모든 기운이 빠지는 듯한 허탈감을 느꼈다.

하지만 허탈감은 잠시였다.

곧바로 전보다 강력한 활력이 전신을 파고드는 충만함이

느껴졌다.

"후우……."

나는 심호흡을 하며 다시 한 번 스스로를 스캐닝했다.

오러: 331(376)

마력: 253(403)

오러의 최대치가 3이 높아졌다.

그리고 레벨도 1이 올라 32가 되었다.

"일단 시작은 성공인가……."

나는 안도의 한숨을 내쉬었다.

이것이 바로 작전의 모든 것이다.

빅 스카의 몸에서 떨어져 나온 스몰 스카는 각자 몬스터 취급을 받으며 퇴치한 인간의 특수 스텟을 상승시켜 준다.

그것도 아주 많이.

실제로 스몰 스카를 퇴치하고 살아남은 자들 중에 레벨 업을 한 인간이 있었다.

안타깝게도 레벨 업을 하고도 오러가 바닥까지 떨어진 탓에 오늘 전투에 참여하진 못했지만 어쨌든 중대한 단서를 제공해 줬다는 사실엔 변함이 없었다.

"주한 님!"

멀찍이 몸을 피했던 마리아가 다시 돌아오며 소리쳤다. 나는 손가락으로 입을 가리며 작은 목소리로 말했다.

"너무 큰 소리는 위험합니다. 근처의 다른 스몰 스카가 몰려올지도 모르니까요."

"아, 죄송합니다. 그런데 괜찮으신가요?"

그사이 노바로스의 방벽이 사라졌다. 나는 코를 찌르는 악취와 시큼한 냄새에 눈살을 찌푸렸다.

"괜찮습니다. 냄새가 지독하군요."

"다행이에요. 어제 블룸이 이걸 정통으로 뒤집어쓰고는 목숨이 오락가락했거든요."

마리아는 가슴을 쓸어내리며 말했다.

"아무튼 대단하네요. 그 정령왕의 힘… 방어 마법으로는 거의 최상급이 아닐까요?"

"대부분의 공격으로부터 완벽하게 몸을 지켜주는 것 같습니다. 지속 시간이 짧은 게 흠이군요."

방벽이 유지되는 시간은 약 10초였다.

하지만 이번에는 7초 만에 사라졌다. 줄어든 3초는 적의 자폭 공격에 힘이 소모되었기 때문일 것이다.

그때, 북쪽에서 늑대 울음소리가 들렸다.

우우우우우우우!

그것은 규호가 보내는 신호였다. 마리아는 곧바로 공터의 남쪽으로 뒷걸음치며 말했다.

"그럼 저도 다른 녀석을 유인하러 가보겠습니다. 다음 사냥이 끝나면 바로 신호를 주세요!"

그러고는 쏜살같이 공터를 빠져나갔다. 나는 곧바로 품속에 있는 시공간의 주머니에 손을 넣어, 그 안에 넣어둔 작은 폭죽을 꺼냈다.

그리고 하늘에 대고 터뜨렸다.

파아아앙!

하늘로 솟구친 폭죽은 오색찬란한 빛과 함께 작은 폭발을 일으켰다.

동시에 멀리 떨어진 곳에서 괴성이 울려 퍼졌다.

쿠우우우우워어어어어어!

그리고 멀리 보이는 빅 스카가 이쪽을 돌아봤다.

"……."

가슴이 철렁 내려앉았다.

하지만 녀석의 시선은 다시 반대편으로 돌아갔다.

여기선 보이지 않지만 빅맨이 만든 시체 군단이 본격적인 유인 작전을 펼치기 시작했으리라.

동시에 덩치 큰 늑대 인간이 공터 안으로 뛰어들며 소리쳤다.

"대장! 여기 한 놈 배달 왔어!"

규호다.

그리고 규호의 뒤쪽으로 또 다른 스몰 스카가 게걸스럽게 침을 흘리며 따라붙었다.

적의 몸에는 수많은 발톱 자국이 새겨져 있었다. 규호는 여유 있게 종종걸음으로 달려오며 소리쳤다.

"내가 좀 양념 쳐놨어! 쉽게 먹을 수 있을 거야!"

그러고는 내 바로 앞에서 몸을 비틀며 아슬아슬하게 스쳐 지나갔다.

"잘 먹도록 하지."

나는 쓴웃음을 지었다. 그리고 뒤따라온 적의 몸에 전력을 다해 칼을 내리 그었다.

*　　　　*　　　　*

단 두 번의 공격만으로 칼날이 완전히 나가 버렸다.

그것은 당연한 결과였다. 오러 소드를 발동시키지 않았으니까.

물론 파비앙 왕자에게 받은 정령검은 아니었다. 나는 완전히 부식된 칼을 바닥에 내버린 다음, 곧바로 시공간의 주머니에서 새로운 칼을 꺼내 들었다.

"헤, 그거 진성이 형네 회사가 새로 만든 칼이라고 하지 않았어? 엄청 튼튼하다고 하더니만."

규호가 바닥에 떨어진 칼을 보며 시시덕거렸다. 나는 곧바로 공터의 남쪽 끝에 있는 폐가로 달리며 대답했다.

"적의 산성 용액이 정말 강하다. 단순한 부식이 아니라 추가적인 효과가 있는 것 같군."

"하지만 내 손톱은 끄떡없는걸?"

규호는 같이 따라 달리며 대꾸했다. 나는 녀석의 손톱에 서려 있는 붉은빛의 오러를 보며 말했다.

"오러를 발동시켜서 그렇겠지. 하지만 조심해라. 어제 녀석들의 산성 용액에 시체조차 못 남기고 죽은 자가 한둘이 아니니까."

"그거 무섭구만. 그래서 대장 오러는 잘 오르고 있어?"

"그래. 예정대로다."

나는 폐가 안에 쌓아 놓은 마력 포션을 정신없이 들이켜기 시작했다. 규호는 새파란 늑대의 눈동자를 껌뻑이며 자신이 달려왔던 공터의 북쪽을 응시했다.

"그럼 난 다시 가서 다른 녀석 유인해 올게. 대장도 포션 다 마시면 꼭 폭죽부터 쏴. 그래야 그 예쁜 누나가 새로운 괴물을 몰고 올 테니까."

"예쁜 누나?"

"마리아 말이야. 그럼 잘해!"

그러고는 엄청난 속도로 왔던 길을 내달리기 시작했다. 나는 총 스무 병의 마력 회복 포션을 마신 다음, 품속에서 새로운 폭죽을 꺼내 하늘에 쐈다.

파아아앙!

앞으로 이런 짓을 최소 스무 번을 반복해야 한다.

'당장은 한 마리 잡을 때마다 3의 오러가 상승한다. 하지만

이게 끝까지 지속되리란 보장은 없지.'

그리고 과거의 경험에 따르면 하루에 높일 수 있는 오러의 총량은 50이 한계다.

그렇다면 373으로 시작된 내 오러는 423으로 끝날 것이다.

'하지만 그걸로 부족하다면……'

나는 칼을 바닥에 꽂아 넣은 다음, 양손으로 얼굴을 감싸 쥐었다.

벌써부터 정신적인 피로가 몰려오는 듯했다.

답은 간단했다.

내일도 똑같은 짓을 반복하면 된다.

하지만 지금 이 순간에도 작전에 직접 동원된 사람을 제외한 모든 병력이 내곽 도시를 포위하듯 둘러싸고 있다.

그들의 역할은 단 하나였다. 사방에 흩어져 있는 스몰 스카들이 외곽 도시로 빠져나가 민간인에게 피해를 끼치는 것을 막는 것.

하지만 내가 상대할 수 있는 스몰 스카는 결국 한 번에 한 마리뿐이다.

마리아, 규호, 블룸, 그리고 팔틱.

이 네 명이 사방으로 흩어져, 내 쪽으로 계속 스몰 스카를 몰아올 것이다.

'최대한 틈 없이 빠르게 몰아오면 좋겠군.'

나는 마음속으로 빌었다. 그래야 그나마 다른 사람들의 희생이 줄어들 테니까.

*　　*　　*

스물세 마리의 스몰 스카를 전부 사냥할 때까지 다섯 시간이 걸렸다.

그중에 실제로 내가 잡은 것은 스물한 마리였다. 다른 두 마리는 기사단과 경비병, 민간 클랜원들이 힘을 합친 뱅가드 연합군에게 잡혔다.

그들로서도 어쩔 수 없었다. 몰이꾼의 도착이 늦어진 탓에 도시 외곽으로 탈출하려는 스몰 스카를 그대로 내버려 둘 수 없었다고 한다.

"뱅가드 연합군의 피해가 심각합니다."

마리아는 지친 얼굴로 심호흡을 하며 말했다.

"이미 5백 명 이상이 죽었습니다. 그중에 3단계 오러 유저나 1단계 소드 익스퍼트도 상당하구요."

"포위망이 무너졌습니까?"

"아직까지는 괜찮습니다. 하지만 내일도 버틸 수 있을지는 모르겠네요."

그사이, 크로니클 소속의 현장 직원들이 커다란 마차와 함께 나타났다. 그들은 곧바로 공터 뒤쪽의 폐가에 새 마력 회복 포션을 쌓기 시작했다.

나는 손에 쥔 포션을 전부 마신 다음 물었다.

"빅맨 쪽 소식은 들으셨습니까?"

"네. 좀 전에 스네이크아이 님과 만나서 이야기를 들었습니다. 이대로는 해질 때까지 버티기가 힘드니……."

마리아는 주변 사람들의 눈치를 살피고는 작은 목소리로 말을 이었다.

"…시체를 추가로 보급해 달라고 하셨습니다."

"어휴, 이제 난 뒤로 빠져야겠네."

그때 팔틱이 구부정한 허리를 쭉 펴며 말했다.

"나이는 못 속이겠군. 오러는 아직 건재하지만 몸이 따라주질 않아."

"수고하셨습니다. 일단 대책 본부로 돌아가 쉬시는 게 좋겠습니다."

"안 그래도 그럴 생각이네."

그때 멀리에서 쿵쿵거리는 진동이 느껴졌다. 팔틱은 보급병들이 건네준 체력 회복 포션을 마시며 한숨을 내쉬었다.

"여러모로 아쉽군. 저런 괴물은 젊은 시절에 만났으면 좋았을 텐데……."

"선생님의 전성기였다면 충분히 해치우실 수 있었을 겁니다."

나는 반쯤 아부 섞인 말을 하며 웃었다.

"그리고 선생님, 이번 일이 끝나면 정말 제대로 검술을 전수해 주시길 바랍니다."

"검술?"

팔틱은 눈을 크게 뜨며 되물었다.

"웬 바람이 불었나? 그쪽은 가급적 무시하고 화력 위주로 간다고 했으면서?"

"최근에 생각이 변했습니다. 이쪽도 어느 정도는 해놓지 않으면 곤란한 상대가 있더군요."

"물론 오라나 기본 스탯이 비슷하면 검술이 높은 쪽이 우세하겠지."

팔틱은 가볍게 헛기침을 하며 쓴웃음을 지었다.

"아무튼 알겠네. 하지만 기대하지도 않겠네. 또 급한 일이 생겨서 어디론가 가버릴 수도 있으니 말이야."

그러고는 내 어깨를 두드렸다.

"조심하게. 저런 괴물 따위에게 죽기엔 자네는 너무 아까운 인재야."

"명심하겠습니다."

팔틱은 고개를 끄덕이며 후방으로 물러났다.

그사이, 규호는 부식으로 손상된 자신의 손톱을 보며 뿌득 소리가 나게 이를 갈았다.

"저 망할 괴물들… 그냥 처음부터 칼을 쓸 걸 그랬네."

"오, 그쪽도 칼을 쓸 수 있나?"

블룸이 신기하다는 듯 물었다. 규호는 주먹을 가볍게 쥐었다 펴며 대답했다.

"쓸 수 있고말고. 근데 칼을 쥐려면 손톱을 깎아야 해."

"그럼 손톱이 사라지는 건 똑같지 않나?"

"아, 그런가?"

규호는 어깨를 으쓱이며 내 쪽을 보았다.

"그래서 대장, 이제 좀 할 만해진 것 같아? 오러가 얼마나 올랐어?"

"오십."

나는 짧게 대답했다.

덕분에 지난 다섯 시간 동안 두 번의 레벨 업을 했다.

하지만 오러는 여전히 녹색이었다. 나는 먼지가 뿌옇게 일고 있는 서쪽을 보며 말했다.

"그래도 일단 부딪혀 봐야겠지. 그럼 지금부터 다음 작전으로 넘어간다."

*　　　　*　　　　*

작전의 핵심은 나다.

그만큼 고생도 심했다. 나는 수백 병의 마나 회복 포션을 마시며 수십 마리의 스몰 스카를 해치우고, 동시에 녀석들이 눈앞에서 자폭하는 걸 막아내야 했다.

하지만 고생으로 따지면 빅맨이 훨씬 심할 것이다.

내가 스몰 스카를 각개격파 하는 동안, 빅맨은 빅 스카를 붙잡고 끝없이 시간을 끌어야 했다.

빅맨의 시간 끌기는 실로 처절했다.

그가 밤새 만들어낸 시체 병사의 숫자는 총 800명이다.

그리고 이 800명의 병사를 넷으로 나눠 빅 스카의 서쪽에
분산 배치 했다.

과정 자체는 단순했다.

빅 스카가 200명의 시체 병사를 향해 돌진해서 순식간에
그들을 날려 버린다.

그러면 근처의 또 다른 시체 부대가 빅 스카의 주의를 끌며
반대 방향으로 도망친다.

그러면 빅 스카가 다시 시체 부대를 추격해 섬멸하고, 그사
이 또 다른 부대가 빅 스카를 유인한다.

그사이, 빅맨은 먼저 제압된 시체 부대를 다시 일으켜 세운
다.

처참히 뭉개진 시체를 일일이 붙잡고 저주를 부여한다.

한번 시체 조종술로 움직이게 만든 시체는 적의 공격으로
무력화되더라도 약간의 추가적인 저주 스텟으로 다시 멀쩡하
게 움직였다.

뼈가 으스러지고 손발이 날아간 시체라도 상관없다.

땅을 기어서라도 움직일 수만 있으면 되니까.

하지만 약간의 저주 스텟이라도 수백 구를 동시에 챙기다
보면 당연히 부족해진다.

그러면 크도니글의 모급 부내가 니리 주먼에 쌓아놓은 시제들을 흡수해서 새로운 저주 스텟을 확보한다.

처참한 몰골의 끔찍한 시체를.

정상적인 인간이라면 도저히 견딜 수 없는 소름 끼치는 일의 무한한 반복이다.

하지만 빅맨은 다섯 시간이 넘게 그 힘든 일을 견뎌내고 있었다.

*　　　*　　　*

빅 스카는 또다시 눈앞의 시체 병사들을 쓸어버렸다.

쿠어어어어어어어어!

단 한 번의 발길질에 수십 명의 병사가 마구 으스러지며 반대편으로 날아간다.

'거대하다.'

나는 활개 치고 있는 적의 위용에 전율했다.

키는 약 15미터.

그리고 덩치도 엄청나다.

'어제 밤에 망원경으로 봤던 거보다 더 커진 것 같군.'

물론 덩치만 보면 샌드 웜 킹이 아니라 그냥 샌드 웜과 비슷한 정도다.

문제는 그 안에 담긴 힘과 스킬이었다.

이름: 빅 스카

종족: 변형체

레벨: 5

특징: 육체가 다른 차원의 힘에 의해 변형된 변형체. 외관상 인간으로 보이는 모든 것을 공격한다. 해가 지면 활동을 멈춘다. 하지만 외부의 자극이 생기면 곧바로 반응한다.

근력: 581(611)

체력: 677(886)

내구력: 411(488)

정신력: 3(3)

항마력: 208(271)

특수 능력

오러: 0

마력: 0

신성: 0

저주: 207(207)

고유 스킬: 산성 체액(상급), 재생, 분열

막강하다.

기본 스텟만 비교해도 샌드 웜 킹보다 훨씬 높다.

그나마 정신력이 지독하게 낮은 게 다행이다.

정신력이 조금만 더 높았다면 빅맨이 시체 군대를 활용해 같은 장소를 계속 빙빙 돌게 만들지는 못했을 것이다.

'정신력도 중요한 스텟이다. 이 정도면 해볼 만하지 않을까.'

나는 곧바로 오러와 노바로스의 강화를 동시에 발동시키며 스스로를 스캐닝했다.

기본 능력
근력: 649(320)
체력: 651(327)
내구력: 354(191)
정신력: 41(99)
항마력: 911(469)

특수 능력
오러: 412(423)
마력: 403(403)
신성: 0
저주: 27(27)

근력만 보면 내가 더 높다.

문제는 몬스터의 스텟과 인간의 스텟이 단순 비교 하기 어렵다는 것.

'그래도 처음은 무조건 부딪혀 봐야 해.'

계획은 크게 두 갈래였다.

하나는 바로 오늘 쓰러뜨리는 것.

또 하나는 당장 퇴치가 불가능하다고 판단하고 내일을 위한 작업을 하는 것.

판단은 현장에서 내가 내리기로 했다.

"지금 쓰러뜨립니다!"

나는 짧게 소리치며 앞으로 더 빠르게 돌진했다.

* * *

그 순간에도 빅 스카는 사방에 흩어진 시체 병사들을 쓸어 버리는 일에 몰두하고 있었다.

"합!"

나는 지면을 박차며 적의 넓은 등짝을 향해 뛰어올랐다. 그리고 녀석의 뒷목에 칼을 찔러 넣었다.

콰직!

피부는 한 번에 뚫렸다.

하지만 고작해야 칼날의 길이만큼 뚫렸을 뿐이다. 나는 그대로 칼을 내리 그으며 최대한 상처를 벌려놓았다.

순간 녀석이 몸을 비틀며 괴성을 질렀다.

쿠워어어어어어!

그렇게 몸을 비튼 충격만으로 나는 엄청난 반동에 휘말리며 뒤쪽으로 튕겨 날아갔다.

동시에 눈앞에 거대한 무언가가 날아왔다.

'오러 실드!'

나는 반사적으로 실드를 전개해 몸을 막았다.

파지지지지지지지직!

동시에 오러 실드가 박살 나며 내 몸이 더욱 빠르게 튕겨 날아간다.

약 100미터 정도.

콰아아아아아아아아앙!

지면에 처박히는 순간 지면이 박살 나며 사방으로 돌 조각이 튀었다. 나는 세상이 반전하는 것을 느끼며 반사적으로 몸을 일으켰다.

'방금 그건 대체 뭐지?'

나는 1초쯤 뒤늦게 깨달았다.

손이다.

녀석이 몸을 회전하며 손바닥으로 내 몸을 후려친 것뿐이다.

단지 그것만으로 나는 마치 파리채에 얻어맞은 날벌레처럼 튕겨 날아갔다.

그 순간, 투명한 검은 뱀이 손에 쥔 칼날을 휘감으며 나타났다.

─얕아. 방금 그 정도로는 내가 힘을 써도 안 통해.

"크로우!"

─방금 파고들어 갔을 때 느꼈어. 저 녀석의 피부는 본체가 아냐. 훨씬 깊숙이 파고들어야 효과가 날 거야.

크로우는 희망이 없다는 듯 담담하게 말했다.

샌드 웜 킹을 쓰러뜨렸을 때처럼 찔러 넣은 칼날에 크로우의 힘을 퍼붓는 수법.

하지만 그때는 샌드 웜 킹의 몸속으로 들어갔기 때문에 가능했다. 외부의 공격으로 비슷한 효과를 내려면 훨씬 깊숙한 곳까지 칼을 찔러 넣어야 할 것 같다.

그때 쿵 소리가 나며 적이 하늘을 날아왔다.

"……."

나는 벌어진 입을 다물지 못했다.

키가 15미터에 달하는 거인이 단 한 번의 도약으로 내가 처박힌 곳까지 날아온다.

100미터가 넘는 공간을 단 한숨에.

"큭!"

나는 전력을 다해 몸을 옆으로 날렸다.

하지만 녀석이 착지한 순간, 마치 지진이라도 난 것처럼 땅이 무너졌다.

콰아아아아아아아아아앙!

그 탓에 나도 땅속으로 추락했다.

발아래 검은 물이 흐르는 도랑이 보인다. 나는 시궁창에 빠지기 직전, 옆이 튀어나온 돌부리를 밟고 다시 위쪽으로 몸을 날렸다.

'도시의 지하에 하수도가 있었나?'

하지만 빅 스카는 그대로 하수도까지 추락했다.

푸확!

녀석은 사방으로 오물을 튀겼다.

그리고 더러워진 발을 성큼 들어 올리며 지면 위로 다시 걸어 올라왔다.

바로 그 순간, 나는 무방비로 올라온 녀석을 향해 마법을 날렸다.

'노바로스의 파도!'

작열하는 화염의 파도가 적의 상반신을 관통하듯 뚫고 지나간다.

푸화아아아아아아아아아악!

동시에 검은 매연이 엄청난 기세로 치솟았다. 나는 마법이 끝남과 동시에 적을 향해 몸을 날렸다.

빅 스카의 허리 위쪽은 완전히 거덜 난 상태였다.

남은 거라곤 앙상한 골격과 거기 까맣게 탄 약간의 근육 조직뿐.

하지만 앙상하다 해도 거대했다. 나는 뼈가 드러난 적의 가

습곽을 향해 먼저 컴팩트 볼을 날렸다.

콰과과과과과과과광!

작열하는 폭발과 함께 사방으로 뼛조각이 튀어 오른다.

흉곽의 일부와 근육들이 터져 나가며 안쪽으로 거대한 장기가 모습을 드러냈다.

심장일까?

붉고 푸른 핏줄에 잔뜩 휘감겨 있는 그것을 향해 나는 전력을 다해 칼을 찔러 넣었다.

그와 동시에 온 세상이 캄캄해졌다.

파앙!

그리고 눈앞이 새빨갛게 변했다.

'뭐지?'

나는 지면으로 추락해 떨어졌다.

감각이 사라졌다.

손끝 하나 꼼짝도 할 수 없다.

그저 하수도 바닥에 쓰러진 채, 우뚝 서 있는 적을 올려다 볼 뿐.

빅 스카의 가슴엔 여전히 내 칼이 박혀 있었다.

마치 이쑤시개처럼.

녀석은 합장하는 듯한 자세였다.

양 손바닥 사이가 살짝 벌어져 있고, 그 안에 붉은 핏자국이 선명하게 보였다.

내 피다.

적은 찰나의 순간에 박수를 친 것이다.

마치 손바닥으로 모기를 잡듯.

그리고 녀석은 커다란 발을 들어 올렸다.

*   *   *

"…흡!"

나는 몸서리를 치며 정신을 차렸다.

"대장? 괜찮아?"

바로 옆에서 함께 달리던 규호가 눈살을 찌푸렸다. 나는 식은땀을 닦으며 고개를 끄덕였다.

"그래. 별거 아니다."

지금은 공터를 넘어 빅 스카가 있는 서쪽으로 달리는 도중이다. 나는 폐허가 된 풍경을 살피며 마지막 죽음을 떠올렸다.

'마지막에 손바닥을 마주치는 공격은 동작 자체가 거의 보이지 않았다. 어떻게 그럴 수 있지?'

답은 간단했다.

거리가 너무 가까워서.

빅 스카의 덩치가 너무 거대한 덕분에 녀석의 몸통에 바짝 붙으면 붙을수록 팔다리가 어떻게 움직이는지 안 보인다.

물론 그런 문제를 제외하더라도 녀석은 대단히 민첩하고 빠르다.

'쉽지 않아…….'

나는 이를 빠득 깨물었다.

노바로스의 파도를 정면으로 얻어맞고도 끄떡없었다.

물론 두꺼운 피부 전체가 불에 타 날아갔지만 그 정도로는 녀석의 행동을 억제하기에 부족했다.

'일단은 좀 더 확인해야 해. 어떻게든 힘을 더 끌어내고 움직임을 눈에 익혀야 한다.'

당장은 승산이 없더라도 계속 싸워야 한다.

포기할 때 포기하더라도 내 목숨은 아직 네 번이 남아 있으니까…….

· 61장 ·
생사의 학습

두 번째 죽음에서 나는 빅 스카의 머리를 집중적으로 노렸다.

'피부 층이 엄청나게 두껍다. 그래도 머리엔 살이 별로 없으니 쉽게 파고들 수 있지 않을까? 일단 파고들 수 있다면 정령 검의 힘을 쓸 수도 있을 테니까.'

착각이었다.

먼저 녀석의 머리를 노리기 위해서는 항상 10미터 이상을 도약해야 했다.

그리고 공중에 도약한 이상, 적의 파리채 같은 손바닥 후려치기를 피할 수가 없었다.

어떻게든 적의 주변을 돌며 사각을 노렸다. 하지만 성공률은 세 번에 한 번 꼴이었다.

그리고 두개골이 단단했다.

1단계 소드 익스퍼트의 오러와 노바로스의 강화를 동시에 적용시켰음에도 불구하고, 칼끝이 뼛속으로 한 뼘 이상 들어가질 않는다.

이것은 내 근력의 문제가 아니었다.

오러 소드가 가진 절삭력은 전적으로 오러의 등급에 달려 있다.

내가 아무리 육체를 강화했다 해도 다루는 오러의 색은 여전히 녹색이다.

그리고 덩치가 크다고 사각이 많을 거라고 생각한 것도 착각이었다.

녀석은 마치 레이더라도 달린 듯 등 뒤나 옆구리 쪽으로 치고 올라오는 내 움직임을 비교적 정확히 감지해 냈다.

그리고 이번에도 날 죽인 결정타는 손뼉 치기였다.

*   *   *

손뼉 치기가 너무 강하다.

그래서 세 번째 죽음에는 그것을 테스트했다.

일부러 공중에서 틈을 보여 손뼉 치기를 유도한 다음, 노바로스의 방벽으로 막아냈다.

방어 자체는 성공적이었다.

문제는 효율이다.

적은 단순히 양손을 마주칠 뿐이고 나는 그것을 막기 위해 매번 50의 마력을 소모해야 했다.

그나마 효과가 있다면 녀석이 매번 막히는 공격에 짜증을 내기 시작했다는 것.

내가 네 번째 손뼉 치기를 아슬아슬하게 막아낸 순간, 빅 스카는 지면에 추락하는 내 몸을 타이밍에 맞춰 위로 걷어차 올렸다.

마치 화풀이를 하듯.

방벽이 유지되고 있던 덕분에 발차기 자체의 타격은 막아냈다.

하지만 몸이 위로 날아가는 것까지는 막지 못했다.

나는 축구 선수가 걷어찬 공처럼 지면에서 1㎞ 높이까지 솟구쳤다.

그리고 추락했다.

지면에 충돌하는 순간 대체 얼마나 끔직한 충격이 전달될지 상상도 할 수 없었다.

그래서 다시 노바로스의 방벽을 사용했다.

하지만 빅 스카는 내가 착지하는 바로 그 순간을 노려 기다렸다는 듯이 다시 위로 걷어차 올렸다.

덕분에 나는 매우 오랜 시간 동안 공중에 떠 있었다. 내 스스로 죽음을 선택하기 전까지…….

*   *   *

세 번째 전투가 너무 길어진 탓에 나는 5분 전으로 돌아가자마자 빅 스카와의 전투에 돌입했다.

다행인 건 공중에 떠 있는 시간 동안 다음 작전을 계획했다는 것.

눈앞에 떠 있는 '2'라는 붉은 숫자에서 압박이 느껴지지만 어쨌든 계획대로 적의 한쪽 발목을 집중적으로 노렸다.

목표는 적의 한쪽 발목을 잘라낼 수 있는지 테스트하는 것.

시작은 성공적이었다.

공중으로 점프하지 않아도 노릴 수 있는 부위라는 게 주효했다. 녀석은 긴 팔을 빗자루처럼 마구 휘둘렀지만 나 역시 지면에 발을 붙이고 있는 이상 즉각적으로 반응하며 피할 수 있었다.

문제는 발목 그 자체의 내구력.

같은 부위를 계속 공격해서 살점을 도려내도 매우 빠른 속도로 다시 재생된다.

덩달아 도려낸 살점이 잠시 후에 스몰 스카로 부활한다.

거기까지는 계획대로였다.

뒤쪽에 대기 중이던 규호와 블룸이 빠르게 반응하며 스몰 스카를 '드리블'해 갔다.

결국 정상적인 방법으론 안 된다고 판단, 먼저 노바로스의 파도로 하반신에 붙어 있는 모든 살점을 한 번에 불태워 날렸다.

그리고 살점이 재생하기 직전에 연속으로 공격을 날려 기어이 발목의 뼈를 부러뜨렸다.

거대한 괴물이 휘청거린 순간 나도 모르게 쾌재가 나왔다.

하지만 거기까지였다.

빅 스카는 불구가 된 한쪽 다리로 무릎 꿇고는 몸을 웅크렸다.

단지 그것뿐.

15미터 높이에 있던 머리가 10미터 높이로 낮아졌을 뿐, 딱히 달라진 게 없었다.

그나마 기동력이 줄어든 것도 잠시였다. 발목이 잘려 나간 지 1분이 지나자, 곧바로 잘린 단면이 부글거리며 새로운 발이 자라기 시작했다.

재생 ─ 손실된 신체의 모든 부위를 재생시킨다. 대신 체력이 소모됨

거기에 녀석의 압도적인 체력 스텟이 더해져 사기적인 효과를 발휘하고 있다.

체력: 567(886)

수많은 공격을 받아내고, 노바로스의 화염으로 하반신의 피부 전체가 날아가고, 심지어 잘린 한쪽 발까지 재생시켰다.

그럼에도 불구하고 녀석의 체력은 전투가 벌어지기 직전과 비교할 때 100 정도밖에 소모되지 않았다.

덩달아 잘려 나간 발에서 살점들이 뭉치며 새로운 스몰 스카가 발생했다.

[분열 ─ 몸에서 떨어진 신체가 일정 크기 이상일 경우, 자신과 같은 속성을 가진 아종을 만들어 낸다]

이건 그냥 사기다.

전생에 인류 저항군에 있던 당시, 나는 레비그라스에 소환된 다양한 몬스터를 상대했다.

하지만 그중에 이 정도로 사기적인 스텟과 특수 능력을 가진 존재는 없었다.

어떤 의미로는 최강의 몬스터인 드래곤보다도 귀찮았다. 나는 쓸 수 있는 마지막 목숨을 녀석의 살점을 최대한 도려내는 데 사용했다.

그것은 내일을 위한 작업의 테스트였다. 결국 나는 내가 만들어낸 다섯 마리의 스몰 스카와 빅 스카의 협공에 의해 처참히 찢겨졌다.

*　　　*　　　*

"……."

정신을 차렸을 때, 나는 빅 스카를 향해 달리고 있었다.

"오늘은 포기한다!"

나는 곧바로 소리쳤다. 뒤따라오던 규호가 옆으로 따라붙으며 대꾸했다.

"엥? 정말? 제대로 붙어보지도 않고 포기부터 하는 거야? 그래도 한번 붙어보고 경험을 쌓는 게 어때?"

하지만 앞서 네 번의 죽음으로 경험을 쌓았다. 나는 시야의 한쪽 구석에서 깜빡거리며 점멸하는 '1'이란 숫자를 노려보며 고개를 저었다.

"안 돼. 일단 전투에 돌입하면 뒤처리가 곤란하다."

"뒤처리?"

"공격이 통하면 통할수록 새로운 스몰 스카가 발생해. 완전히 끝장낼 생각이 아니라면 쓸데없이 일만 벌리는 셈이다. 우린 두 번째 작전으로 선회한다."

"쳇, 명령이라면 어쩔 수 없지."

규호는 불만스러운 얼굴로 대꾸하며 고개를 돌렸다.

"어이! 거기 예쁜 누나랑 덩치 큰 형! 대장이 두 번째 작전으로 한대!"

"네!"

"좋아!"

뒤따라오던 마리아와 블룸이 고개를 끄덕이며 소리쳤다.

두 번째 작전은 빅맨을 도와 해가 질 때까지 시간을 끄는 것이다.

나는 앞서 전장에 돌입한 다음, 한창 시체 군대를 농락하고 있는 빅 스카를 향해 파이어 볼을 날렸다.

콰과과과과과광!

컴팩트 볼이 아니라 파이어 볼을 날린 이유는 단순했다.

괜히 강한 걸 썼다가 피부가 덩어리째 날아가 버리는 걸 막기 위해서.

빅 스카는 곧바로 몸을 돌리며 괴성을 질렀다.

쿼어어어어어어어엉!

그러고는 내 쪽을 향해 몸을 날렸다.

나는 이미 몸을 틀어 남쪽으로 달리고 있었다. 녀석은 지진이라도 난 것처럼 쿵쾅거리며 미친 듯이 추격했다.

'전력 질주를 하면 거리를 벌릴 수 있겠지만…….'

너무 멀어지면 안 된다. 난 일부러 속도를 늦추며 녀석과의 거리를 아슬아슬하게 유지했다.

그렇게 1㎞쯤 남쪽으로 도주한 순간, 미리 근처의 폐허에 몸을 숨기고 있던 규호가 날렵하게 뛰쳐나왔다.

촤악!

그러고는 녀석의 발목을 손톱으로 베며 뒤쪽으로 달려 나갔다.

쿼어어어어어어!

동시에 빅 스카의 시선이 규호를 향해 돌아갔다.

"후우……."

나는 곧바로 걸음을 멈추며 한숨을 내쉬었다. 적은 이미 북쪽으로 달아나는 규호의 뒤를 쫓고 있었다.

빅 스카는 주변 환경에 반응하는 명확한 패턴이 있다.

우선 인간이나 인간 형태를 가지고 있는 것이 보이면 접근해서 공격한다.

우선순위는 인간이 얼마나 많이 있느냐는 것.

왼쪽에 백 명의 인간이 보이고, 오른쪽에 열 명의 인간이 보이면 무조건 왼쪽으로 먼저 달려간다.

두 번째는 자신을 공격한 적에게 먼저 반응하는 것.

한창 수백 명의 인간을 학살하다가도, 누군가 등 뒤에서 자신을 공격하면 먼저 그자를 공격한다.

세 번째는 한창 싸우다가도 더 많은 인간이 보이면 그쪽으로 시선을 돌린다.

이 모든 것은 바로 어제 아무런 사전 지식 없이 빅 스카를 상대해야 했던 뱅가드 연합군의 희생을 통해 밝혀진 정보였다.

콰아아아아아아앙!

순간 굉음과 함께 흙먼지가 솟구쳤다.

빅 스카가 도망치는 규호를 쫓으며 손에 집히는 걸 막 쥐어 던지기 시작했다.

'무사해야 할 텐데…….'

나는 미리 예정된 북서쪽의 지점으로 천천히 달리며 상황을 정리했다.

지금쯤 한숨 돌린 빅맨이 박살 난 시체 군대를 재건하고, 떨어진 저주 스텟을 회복하기 위해 새로운 시체를 흡수하고 있을 것이다.

그사이, 규호는 블룸이 대기하고 있는 곳까지 도망친 다음 바통을 넘긴다.

다음은 블룸이 내가 대기하고 있는 곳까지 빅 스카를 몰아온다.

그리고 앞으로 약 두 시간 동안 이 짓을 반복한다.

마리아는 빅맨의 상황을 확인하고 그쪽이 필요한 보급품을 조달하는 역할을 한다.

그리고 우리 셋 중에 누군가에게 문제가 생길 경우, 그 자리를 대신할 예정이다.

그렇게 두 시간이 지나면 다시 빅맨이 시체 군단으로 빅 스카의 시선을 끌며 새롭게 시간을 끈다.

해가 저물기 전까지.

지긋지긋할 것이다.

이것은 참가하는 모두의 체력과 정신력을 극한까지 몰아붙이는 작전이다.

하지만 어쩔 수 없었다. 지금은 고통을 감수하더라도 시간을 끄는 것이 유일한 방법이었다.

내가 적을 완전히 제압할 힘을 손에 넣을 때까지…….

*　　　　*　　　　*

결국 해가 저물기 시작했다.

그사이, 우리 모두는 녹초가 되어버렸다.

늑대 인간의 강철 같은 체력으로도, 2단계 소드 익스퍼트의 인간을 초월한 체력으로도 끝까지 견뎌내는 건 무리였다.

중간에 쉴 시간이 부족했다.

문제는 빅맨의 시체 군단이었다.

빅 스카의 공격을 받아낸 시체들은 가면 갈수록 '분해'되었고, 나중엔 결국 형체조차 유지할 수 없을 지경이 돼버렸다.

그 탓에 나와 규호, 빅터와 마리아는 채 30분도 쉬지 못하고 다시 시간 끌기에 동원돼야 했다.

빅터는 오후 4시경에 체력 고갈과 오러의 소모로 탈락했고, 그 자리를 대신 들어온 마리아는 점점 발전한 적의 추격 기술에 힘을 빠르게 소진했다.

확실히 빅 스카는 진화했다.

처음엔 그저 맹목적으로 추격해 오던 것이 시간이 지나자 박살 난 건물의 잔해를 집어 던진다든가, 자신의 체액을 뿜어 도망치는 적의 진로를 방해한다든가 하기 시작했다.

그렇게 시계는 오후 7시를 가리켰다.

"주한 님!"

멀리서 빅 스카를 몰고 달려오는 마리아가 보였다.

나는 지평선으로 넘어가고 있는 태양을 흘겼다.

'곧 해가 저문다. 이번이 마지막이야.'

나는 먼저 뒤쪽에 대기하고 있는 뱅가드 연합군에게 수신호를 보냈다.

그리고 마리아에게 소리쳤다.

"마리아, 속도를 늦추세요!"

그 순간, 뒤따라오던 빅 스카가 입을 벌리고 체액을 토해냈다.

그녀의 머리 위로.

푸확!

마리아는 즉시 속도를 늦췄다. 그러고는 지면을 박차며 자신의 눈앞에 떨어진 투명한 액체 웅덩이를 뛰어넘었다.

치이이이이이이익!

돌로 된 지면이 체액과 반응하며 녹아내린다.

"힘들어요! 죽겠어요!"

마리아는 퀭한 얼굴로 소리쳤다. 나는 곧바로 대기 중인 뱅가드 연합군을 향해 명령을 내렸다.

"전원 공격!"

동시에 집중 포격이 시작됐다.

물론 진짜 포탄은 아니다.

소드 익스퍼트는 컴팩트 볼을 날렸다.

마법사들은 파이어 볼과 파이어 캐논, 윈드 커터와 윈드 브레이크를 날렸다.

저주술사들은 본스피어와 블랙 봄버를 시전했다.

"힉!"

마리아는 자신의 머리 위로 날아오는 무수한 덩어리들을 노려보며 옆으로 몸을 날렸다.

그리고 거대한 폭발이 일어났다.

콰과과과과과과과과과광!

물론 안 통할 것이다.

이미 어제의 전투로 확인됐다. 이런 식의 박리다매 같은 공격으로는 적의 숨통을 끊을 수 없다는 것을.

하지만 목표는 적의 섬멸이 아니었다. 나는 폭연으로 휘감긴 적을 향해 돌진하며 지면에서 뛰어올랐다.

그 순간, 폭연이 걷히며 빅 스카의 맨몸뚱이가 드러났다.

곳곳이 터지고 찢겨진 끔찍한 몰골이.

그리고 나는 아직도 살로 가득한 녀석의 옆구리를 향해 컴팩트 볼을 날렸다.

콰과과과과과과광!

그리고 너덜너덜해진 그 부위를 그대로 칼로 가르며 스쳐 지나갔다.

좌악!

내 일격으로 어른 두 명만 한 살덩어리가 몸으로부터 잘려 나갔다.

거기에 먼저 쏟아진 집중 포격으로 인해 수많은 살덩어리가 너덜거리기 시작했다.

'저 살점도 다 떨어뜨려야 한다. 일단은 다른 사람들을 퇴각시키고……'

나는 뒤도 돌아보지 않고 달리며 소리쳤다.

"전원 해산! 여기부터는 빅맨이 맡을 겁니다!"

그러자 집결해 있던 뱅가드 연합군의 정예들이 도망치기 시작했다.

쿼어어어어어어어어어어엉!

빅 스카는 소름 끼치는 괴성을 지르며 몸부림쳤다. 그러자 너덜거리는 살덩어리들이 쭉쭉 뜯어지며 지면으로 추락했다.

철퍽!

철퍽!

그리고 떨어진 살덩어리들은 다시 부글거리며 인간의 형태를 갖추기 시작한다.

스몰 스카.

이것이 오늘 작전의 마무리였다.

내일 다시 레벨 업을 하기 위해 오늘 미리 스몰 스카를 만들어놔야 한다.

키이이이이이익!

쿼에에에에에엑!

크어어어어어억!

새로 태어난 스몰 스카들이 몸을 비틀며 비명을 질렀다.

그것은 실로 살 떨리는 광경이었다.

나는 고개를 돌려 멀어지는 빅 스카를 스캐닝했다.

핵심은 체력이다.

체력: 462(886)

하루 종일 그 짓거리를 벌였다.

심지어 방금 또 십수 마리의 새로운 스몰 스카를 낳았다.

하지만 녀석의 체력은 절반 이하로조차 떨어지지 않았다.

"어… 대장?"

한참을 달리자 눈앞에 마지막으로 대기 중인 규호의 모습이 보였다.

"방금 퍼버벙! 하던데? 이제 끝이야?"

"그래. 후우… 끝이다."

나는 규호의 앞에서 다리를 멈추며 거친 숨을 몰아쉬었다.

빅 스카와 스몰 스카들은 더 이상 인간을 쫓지 않았다.

최후를 장식하는 건 빅맨의 시체 군단이었다.

빅맨은 가까스로 형태를 유지하고 있는 250여 구의 시체를 일시에 전장에 투입해 인간들이 도망칠 시간을 벌어주었다.

그리고 잠시 후, 태양이 완전히 저물었다.

그러자 시체 군단을 끝장낸 괴물들도 더 이상 날뛰지 않았다. 빅 스카는 처음 자신이 목격되었던 랜드픽의 본사 건물 근처로 돌아갔고, 스몰 스카는 주변에 깔린 인간의 시체를 하나둘 집어 들고 빅 스카의 주변으로 모이기 시작했다.

*　　　*　　　*

"이런 이야기는 저도 꺼내고 싶지 않습니다만……."

박 소위는 망원경을 들여다보며 말했다.

"고작 '저 정도'의 칼로리를 섭취하고 저런 덩치와 체력을 유지하는 게 놀랍군요."

"동감이다."

나는 속이 메슥거리는 걸 느끼며 망원경을 내려놓았다.

빅 스카는 스몰 스카들이 모아 온 20여 구의 시체를 입안에 꾸역꾸역 집어넣었다.

그러고는 그 자리에 석상처럼 굳었다.

이미 사방엔 어둠이 깔려 있었다. 그 와중에도 빅 스카의 행동을 감시할 수 있는 것은 박 소위가 랜드픽의 본사 건물 주변에 미리 불을 질러놓았기 때문이다.

"마리아도 블룸도 완전히 파김치가 되었더군요. 준장님은 괜찮으십니까?"

박 소위도 망원경을 내려놓았다. 나는 간이 테이블 위에 수북이 놓인 체력 회복 포션을 집어 들며 고개를 저었다.

"나라고 안 지쳤겠나? 중간에 체력 회복 포션을 아무리 마셔도 밑 빠진 독에 물 붓기더군."

"체력은 가속도가 붙으며 떨어지니까요. 내일은 아무래도 멀티렌을 투입해야 할 것 같습니다."

멀티렌은 크로니클의 회장인 박 소위의 개인 경호대 대장이다.

지금도 박 소위의 뒤쪽으로 10미터쯤 떨어진 곳에서 주변을 감시하고 있었다. 나는 대책 본부의 옥상에 놓인 의자에 걸터앉으며 고개를 저었다.

"지금 여기서 가장 중요한 인물은 바로 너다."

"무슨 말씀을, 준장님이 가장 중요합니다."

"대외적으로 그렇다는 말이지, 박 소위. 그러니 최후의 보루는 남겨놓는 게 좋아."

"하지만 내일은 더 힘들어지지 않겠습니까?"

박 소위는 대책 본부 주변에 불을 피워놓고 주둔 중인 뱅가드 연합군을 내려다보았다.

"다들 체력과 오러가 떨어졌습니다. 뱅가드 연합군도 약 7백 명 정도가 추가로 사망했습니다."

연합군 피해의 대부분은 스몰 스카들이 내곽 도시 밖으로 나가지 못하게 막느라 발생한 것이다. 나는 형식적이나마 그들의 명복을 빌며 고개를 끄덕였다.

"확실히 힘들어지겠지. 하지만 그만큼 내가 강해진다. 마력 회복 포션은 얼마나 남았나?"

"2백 병 정도입니다. 스텟양으로 보면 1,200이군요. 내일은 버티겠지만 모래는 부족할 겁니다."

당장 오늘 소모한 마력 회복 포션의 양만 150병이 넘었다. 나는 여전히 시야에 남아 있는 '1'이라는 숫자를 보며 한숨을 내쉬었다.

"모래까지 끌고 가는 건 무리야. 내일 끝낸다."

"가능하겠습니까?"

"가능하게 만들어야지. 하루에 높일 수 있는 오러의 총량이 50으로 정해진 게 아쉽군."

그래도 내일은 확실하게 2단계 소드 익스퍼트에 진입한다. 박 소위는 급하게 멀티렌에게 달려가 뭔가를 지시하고는 다시 돌아왔다.

"스캐닝을 쓸 수 있는 건 준장님뿐입니다. 지금 빅 스카는 어떻게 되었습니까?"

"체력이 절반까지 줄어들었다."

나는 망원경을 다시 들고 빅 스카를 확인했다.

"그런데 지금 다시 회복하고 있군. 진짜 괴물 중에 괴물이야……."

"체력이라. 특수 능력이 체력을 소모하면서 발동된다고 말씀하셨죠? 아, 그러고 보니……."

박 소위는 눈살을 찌푸리며 말했다.

"낮에 준장님이 고생하시는 동안 정보가 더 들어왔습니다."

"정보?"

"안티카 왕국의 전역에 출몰한 또 다른 빅 스카들에 대한 정보입니다. 총 다섯 마리의 빅 스카가 확인되었고, 현재까지 세 마리를 완전 제압했다고 합니다."

"그거 듣던 중 반가운 소리군."

하지만 박 소위 표정은 밝지 않았다. 그는 잠시 뜸을 들이다 고개를 저었다.

"음, 그래도 제압한 적은 뱅가드에 나타난 빅 스카에 비하면 절반도 안 됩니다. 덩치도 그렇고, 가지고 있는 힘도 말입니다."

"그래도 제압했으니 다행이지. 뭔가 걱정되는 거라도 있나?"

"…확인된 빅 스카는 모두 대도시의 한복판에 나타났습니다."

박 소위의 눈알은 한참 동안 오른쪽 위를 향해 있었다.

"그리고 녀석들이 출현한 장소는 모두 쟁쟁한 인물들이 살던 곳입니다."

"쟁쟁한 인물?"

"명문가의 대귀족이나 부유한 상인 말입니다."

"부유한 상인이라, 너처럼 말인가?"

"네. 저처럼 돈이 많은 자들입니다."

박 소위는 약간의 농담에 전혀 반응하지 않았다.

"그리고 공통적으로 나이에 비해 젊어 보인다는 특징이 있었습니다. 오러를 깊이 습득하지 않았는데도 말이죠. 아무래도 스카노스 말고도 그 물약을 복용하던 자들이 많았던 모양입니다."

"그리고 모두 동시에 폭주를 일으켜 괴물로 변했다, 이거군."

그렇다면 이것은 양동작전이다.

신성제국이 주 병력을 링카르트 공화국으로 보내는 동안, 안티카 왕국에 빅 스카를 발생시켜 지원군을 파견하는 것을 막는다.

나는 박 소위를 보며 물었다.

"하지만 그 물약을 하루 이틀 먹는다고 갑자기 폭주하진 않겠지?"

"아직 분석 결과가 다 나오진 않았습니다. 하지만 최소한 몇 년간은 장기 복용해야 하는 것 같습니다. 그래야 복용자의 육체를 변형시키는 초석이 마련된다고 하는군요."

"그렇다면 오늘을 위해 일부러 젊어지는 물약을 개발해서, 미리 몇 년 전부터 안티카 왕국의 유력자들에게 뿌려놓았단 말인가?"

그렇다면 실로 장대한 작전이다. 나는 내심 감탄하며 고개를 저었다.

"대단하군. 신성제국이 정말 큰 그림을 그리고 있었어."

"엄청난 비용과 수고가 들었을 겁니다. 다만 비용은 물약을 제공한 유력자들에게 단단히 뜯어냈겠죠."

"그렇겠지."

나는 쓴웃음을 지으며 물었다.

"그런데 어째서 스카노스만 저렇게 유달리 강력한 괴물이 된 건가?"

"복용 기간이 더 길었거나, 혹은 최근에 폭주를 유발하는 물질을 대량으로 복용한 거라 생각합니다."

박 소위는 명쾌하게 대답했다.

"지금 연구 팀에 이 정체불명의 물약을 중화시킬 수 있는 방법을 개발하라 지시했습니다. 이미 약간의 성과가 나왔고… 앞으로 몇 달 안에 의미 있는 결과가 나올 거라 확신합니다."

"하지만 그때는 이미 늦어. 저 괴물을 딱 사흘만 내버려 두면 뱅가드 전체를 멸망시킬 거다."

"물론입니다. 다른 지역은 파비앙 왕자가 이끄는 흑룡기사단 세력이 정리하고 있습니다. 준장님은 이곳 뱅가드의 일에만 집중하시면 됩니다."

나는 고개를 끄덕였다. 박 소위는 허리를 숙여 인사를 한 다음 아래층으로 내려갔다.

옥상에 혼자 남은 나는 한숨을 내쉬며 고개를 저었다.

내일도 분명 '긴 하루가 되겠지……'.

　　　　＊　　　　　＊　　　　　＊

눈을 뜨자 네 시간이 지나 있었다.

나는 여전히 어두운 창밖을 보며 대책 본부 밖으로 걸음을 옮겼다.

"허윽……."

"빠, 빨리 포션을……."

"여기 상처가 다시 터졌어! 빨리 붕대를 가지고 와! 포션도!"

대책 본부 주변엔 부상병을 치료하기 위한 수십 개의 간이 막사가 세워져 있었다. 나는 무심결에 차원의 주머니 속에서 회복 포션을 꺼내 들고 주변의 부상병을 향해 달려갔다.

"신관님! 위급한 부상자는 자정 전에 대부분 치료한 게 아니었습니까?"

"일단 급한 불만 껐을 뿐이네. 신관들의 신성 스탯이 바닥나 버려서……."

부상병에 붙어 있던 신관이 몸을 돌리며 포션병을 받아 들었다. 나는 신관의 얼굴을 확인하고는 깜짝 놀라며 소리쳤다.

"램지 씨!"

"오, 주한 아닌가?"

신관은 바로 수용소를 함께 탈출한 동료인 램지였다. 나는 급한 와중에도 램지와 악수를 나누며 물었다.

"오랜만입니다. 그런데 그 옷은 뭡니까?"

"어제부터 빌려 입었네. 이 옷을 입고 있어야 사람들이 쉽게 도움을 청하니까 말이야."

램지는 부상병에게 절반의 포션을 마시게 하고, 나머지 절반은 상처에 직접 부으며 치료했다.

"이렇게 하면 환부가 빠르게 회복되네. 먹어도 되고 발라도 되는 약이라니 대단하지 않은가? 지구였다면 특허로 엄청난 돈을 벌 수 있을 거야."

"어디 회복 포션뿐이겠습니까? 언어의 각인 같은 건 수억을 주더라도 받겠다는 사람이 줄을 설 겁니다."

나는 가볍게 웃으며 한 발 뒤로 물러났다. 램지는 겨우 안정된 부상병의 머리에 손을 짚은 다음 고개를 저으며 뒤로 물러났다.

"하지만 항생제가 없다는 게 문제야. 부상이 심각하면 회복 마법이나 포션만으론 완치가 불가능하네. 레비그라스인의 면역력이 유독 강해서 망정이지⋯ 그게 아니었다면 당장 어제 추가적으로 수천 명이 추가로 죽었을 테지."

"램지 씨는 언어학 교수가 아니었나요?"

"맞네. 의학이야 상식 수준이지."

램지는 한쪽 어깨를 으쓱이며 말했다.

"자네들처럼 직접 싸울 수 없으니 이렇게라도 도움이 되어야지. 그러고 보니 이제 곧 해가 뜨겠군. 그럼 다시 그 괴물과 싸우러 가는 건가?"

난 고개를 끄덕였다. 램지는 가볍게 내 어깨를 두드리며 격려했다.

"나도 이야기를 들었네. 괴물을 분열시켜서 조금씩 약화시킨다며? 고생이 심하겠군. 하지만 자네라면 결국 쓰러뜨릴 수 있을 거야."

"네. 반드시 쓰러뜨리겠습니다."

나는 짧게 대답했다. 램지는 고개를 끄덕이며 근처의 다른 막사를 향해 고개를 돌렸다.

"그럼 난 가봐야겠군. 다 끝나면 다시 모여 회포라도 풀도록 하지."

그리고 부상병의 신음 소리가 들리는 곳을 향해 달렸다. 나는 소리 없이 한숨을 내쉬며 고개를 저었다.

*　　　　*　　　　*

그렇게 다시 날이 밝았다.

빅터는 밤새 고생하며 600구의 새로운 시체 군단을 만들어 냈다.

하지만 어제보다 200구가 적었다. 그만큼 끌 수 있는 시간이 줄어들 테니, 나 역시 어제보다 빠른 속도로 스몰 스카를 사냥해야 했다.

'어제는 스몰 스카 한 마리당 오러의 최대치가 3씩 올라갔다. 후반에는 2로 줄어들었지만……'

그리고 확인된 스몰 스카의 숫자는 모두 열여덟 마리다.

오늘도 한 마리당 2씩 높아진다고 계산하면 최대 36의 오러가 높아질 것이다.

그리고 그것으로 충분했다.

내 현재 오러는 423이다. 최대치를 27만 높이면 2단계 소드 익스퍼트가 될 수 있다.

동시에 레벨도 2가 올라간다. 나는 어제 경험한 적과의 전투를 떠올리며 높아질 기본 스텟을 계산했다.

'어차피 뒤는 없어. 오늘은 반드시 해치운다.'

당장 뱅가드 연합군을 전폭적으로 지원하고 있는 크로니클조차도 허리가 휘어질 지경이었다. 나는 박 소위의 초췌한 얼굴을 떠올리며 각오를 다졌다.

*   *   *

스몰 스카를 열한 마리째 잡은 순간, 내 오러의 최대치는 445가 되었다.

그리고 열두 마리부터 1씩 높아졌다.

그래도 아직까지는 안전 범위 안이었다. 열다섯 마리를 잡은 순간 449가 되었으니까.

남은 스몰 스카는 세 마리.

그런데 한 마리를 더 잡았는데도 449 그대로였다.

'설마… 벽인가?'

나는 처음으로 오러의 벽에 부딪혔던 바로 그 순간을 떠올렸다.

그것은 공포였다.

왜 하필 바로 이 순간에.

그것도 2단계 소드 익스퍼트가 되기 바로 직전에.

하지만 규호가 몰아온 열일곱 번째 스몰 스카를 해치운 순간, 눈앞이 아찔하며 온몸에 힘이 풀렸다.

레벨이 올랐다.

그리고 레벨이 올랐다는 건, 내가 2단계 소드 익스퍼트가 되었다는 걸 의미했다.

오러: 423(450)

"뭐 해, 대장! 빨리 폭죽 터뜨리지 않고!"

공터의 뒤쪽으로 피했던 규호가 날렵하게 달려오며 소리쳤다. 나는 안도의 한숨을 내쉬며 하늘을 향해 마지막 폭죽을 터뜨렸다.

그리고 규호를 향해 말했다.

"뒤쪽에서 기다려라. 이번이 마지막이니까."

"오케이. 근데 오러는 어떻게 됐어?"

나는 직접 오러를 발동시키며 결과를 보여주었다. 규호는 커다란 입을 쩍 벌리며 환호성을 질렀다.

"야호! 좋았어!"

내 몸에서 솟구치는 오러는 파란색이었다. 규호는 질 수 없다는 듯 자신의 오러도 발동시키며 말했다.

"좋아! 이제 그 괴물 끝장내러 가는 거지? 어제처럼 하루 종일 뺑뺑이 도는 거 아니지?"

"그래. 이제 승부를 낸다. 그런데……"

나는 눈을 깜빡이며 규호의 오러를 살폈다.

"너도 등급이 오른 거냐? 오러가 주황색인데?"

"엥? 그걸 이제 알았어?"

규호는 켁, 하고 소리를 내며 고개를 저었다.

"이 대장님 못 써먹겠구만? 자기 강해지느라 눈이 벌개져서 부하의 오러가 무슨 색인지 확인도 안 한 거야?"

바로 어제까지만 해도 규호는 1단계 오러 유저였다. 나는 혀를 내두르며 규호를 스캐닝했다.

이름: 큰이빨
레벨: 9
종족: 워울프, 군주

기본 능력

근력: 370(344)

체력: 249(412)

내구력: 323(291)

정신력: 23(36)

항마력: 77(61)

특수 능력

오러: 78(153)

마력: 0

신성: 0

저주: 124(124)

고유 스킬: 군주의 광기, 늑대의 포효(중급)

"벌써 한 시간도 전에 오러 색이 바뀌었다고. 그것도 못 본 거야?"

규호는 연신 투덜거렸다. 난 쓴웃음을 지으며 사과했다.

"미안하다. 나도 정신이 없어서."

"나중에 먹을 거나 크게 한턱 쏴. 근데 나도 좀 이상하긴 해."

규호는 손톱으로 뒷목을 긁으며 말했다.

"난 딱히 한 것도 없잖아? 왜 오러가 높아진 거지?"

"직접 싸우지 않아도 상관없다. 몬스터를 쓰러뜨릴 때 근처에만 있어도 돼."

나는 몇 달 전에 사막에서 동료들과 함께 샌드 웜을 사냥하던 기억을 떠올렸다. 규호는 날카로운 이빨이 다 보일 정도로 활짝 웃으며 고개를 끄덕였다.

"그거 좋은데? 하긴, 나도 직접 싸우진 않았지만 개고생은 실컷 했으니까."

"긴장은 풀지 마라. 이제부터가 진짜니까."

"헹, 걱정 말라고. 그럼 나처럼 예쁜 누나나 덩치 큰 형도 경험치가 올랐을까?"

"경험치?"

"오러 말이야. 나만 저 괴물을 끌고 온 게 아니니까."

규호는 스몰 스카들의 자폭으로 난장판이 된 공터를 눈으로 훑었다. 나는 고개를 끄덕이며 다른 사람들을 떠올렸다.

"그래, 그렇겠군. 만약 그들 중에도 레벨이 오른 사람이 있다면 도움이 될 거다."

마리아와 블룸은 이미 2단계 소드 익스퍼트다.

물론 3단계가 되기엔 한참 남은 2단계였다. 나는 두 사람을 다시 스캐닝해야겠다고 생각하며 마지막 남은 스몰 스카를 기다렸다.

그런데 몇 분이 지나도 아무도 돌아오지 않았다.

"…왜 안 오지? 예쁜 누나가 돌아올 차례 아닌가?"

규호가 두 귀를 쫑긋 세우며 촉각을 기울였다.

펑!

그때 서남쪽에서 새로운 폭죽이 터져 올랐다. 나는 곧바로 폭죽이 터진 쪽으로 달리기 시작했다.

뭔가 잘못됐다.

*　　　　*　　　　*

마리아는 오른팔이 넝마가 된 채 쓰러져 있었다.

그리고 블룸은 구멍이 숭숭 뚫린 갑옷을 힘겹게 벗고 있었다. 나는 블룸을 도와 갑옷을 벗겨주며 물었다.

"무슨 일입니까? 당신이 왜 여기 있죠?"

"망할, 열여덟 마리가 아니라 열아홉 마리였어."

블룸은 이를 갈며 말했다.

"어차피 내 할 일은 끝났잖아? 그래서 마리아를 도울 겸 이쪽으로 먼저 왔는데… 근처에 한 마리가 건물에 더 숨어 있었어."

"그럼 마리아 혼자서 동시에 두 마리를 유도해 온 겁니까?"

"뱅가드 연합군도 같이."

블룸은 조금 떨어진 곳에서 시체를 수습하고 있는 검사들을 가리켰다.

"이쪽에 오러를 다루는 클랜 사람들이 모여 있었거든. 전멸할 상황이라 마리아가 억지로 유도하다가… 결국 싸울 수밖에 없었어."

근처에는 스몰 스카가 자폭한 흔적들이 남아 있었다. 나는 의식을 잃은 마리아를 스캐닝하며 입술을 깨물었다.

"체력과 내구력이 바닥까지 떨어졌습니다. 당장 후방으로 옮겨주세요. 그런데 당신은 괜찮습니까?"

"나? 나는 아직 멀쩡하다고."

블룸은 반사적으로 오른팔의 이두박근을 부풀려 보였다.

하지만 그 역시 체력과 내구력이 심각하게 저하된 상태였고 최대치가 470에 달하는 오러도 80대까지 떨어져 있었다.

나는 고개를 저었다.

"빨리 마리아를 데리고 대책 본부로 돌아가세요. 지금부터는 저와 규호가 싸우겠습니다."

"그럼 새로 튀어나올 스몰 스카를… 이 늑대 아저씨 혼자서 맡는다고?"

"흥, 뭔 소리야. 까라면 까야지."

규호는 콧방귀를 뀌며 말했다.

"그러니까 덩치 큰 형은 예쁜 누나 데리고 빨리 뒤로 빠져. 괜히 이 누나 상태 더 나빠지기 전에."

"아… 그래. 알겠다."

블룸은 규호의 기세에 눌리며 즉시 마리아를 안아 들었다.

그리고 규호는 갑자기 상체를 젖히며 하늘을 향해 포효하기 시작했다.

아우우우우우우우우우우!

그 순간, 나는 가슴이 후끈하며 뜨거워지는 걸 느꼈다.

'뭐지, 이건?'

스스로를 스캐닝하자 전에 없는 새로운 스텟창이 눈에 들어왔다.

특수 효과: 늑대의 포효

'이건 규호가 가진 고유 스킬이다. 그런데 왜 나한테까지 효과가 생긴 거지?'

나는 일단 늑대의 포효를 자세히 확인했다.

[늑대의 포효 ─ 늑대 계열 몬스터나 워울프가 쓸 수 있는 특별한 힘. 자신과 자신의 동료의 기본 스텟을 소폭 상승시킨다]

처음부터 광역 효과를 가진 스킬이었다. 나는 기본 스텟이 약간 높아진 것을 확인하며 고개를 끄덕였다.

"규호야, 방금 그거 나한테도 효과 있었다. 왜 지금까지 안쓴 거지?"

"…뭐?"

순간 규호가 눈을 희번덕거리며 날 노려보았다.

"…규호야?"

"으, 아, 아니. 아무것도 아냐!"

규호는 붉게 물든 눈을 끔뻑이며 고개를 마구 저었다.

"갑자기 화가 끓어서… 속이 안 좋아. 머리가 터질 것 같고. 다 찢어버리고 싶어. 우리 당장 그 괴물한테 가서 싸우는 게 어때?"

억지로 참고 있는 것처럼 보이지만 명백하게 상태가 안 좋아 보였다. 나는 빠르게 스캐닝을 반복하며 규호의 상태를 확인했다.

특수 효과: 광기, 늑대의 포효

녀석은 광기까지 추가로 발동된 상태였다.

[광기 — 다양한 광기가 존재한다. 그중 '군주의 광기'의 경우, 소중한 존재가 다치거나 죽었을 때 발동한다. 소유자의 기본 스텟을 대폭 상승시킨다]

아무래도 마리아를 상당히 마음에 두고 있던 모양이다. 나는 즉시 고개를 끄덕이며 북쪽으로 달렸다.

"규호야! 네가 마리아와 블룸 몫까지 다 해줘야 해! 부탁한다!"

"헹! 맡겨만 줘! 지금 같아서는 작은 놈이 아니라 큰놈도 다 찢어발겨야 속이 풀릴 것 같으니까!"

규호는 뿌득 소리가 나게 이를 갈았다.

하지만 그 순간, 나는 결전 전에 뭔가 중요한 것을 빼먹었다는 것을 깨달았다.

'마력!'

나는 곧바로 방향을 꺾으며 소리쳤다.

"난 공터에서 마력부터 회복하고 돌아올게! 넌 먼저 빅맨과 합류해서 내가 올 때까지 시간을 끌어줘!"

규호는 대답도 하지 않고 달리던 방향으로 계속 달렸다. 나는 규호가 섣부른 짓을 하지 않기를 기원하며 남은 오러와 마력량을 체크했다.

오러: 423(450)

마력: 253(403)

'25병은 마셔야겠군……'

남은 마력 회복 포션은 대부분 공터의 뒤쪽에 있는 폐가에 쌓아둔 상태였다.

나는 순식간에 폐가에 도착했다. 그리고 미친 듯이 포션병을 뜯어 목구멍 속으로 부어 넣기 시작했다.

그렇게 스무 병을 때려 박은 순간.

콰아아아아아아앙……

멀리서 희미한 굉음이 울려 퍼졌다.

'뭐지?'

덕분에 사레가 걸릴 뻔했다. 나는 즉식에서 노바로스의 강화를 다시 발동시킨 다음, 소모된 마력만큼의 포션을 추가적으로 더 마셨다.

'이번이 마지막이다. 어떻게든 만반의 준비를 갖추고 싸워야 해.'

조급함과 냉정함이 머릿속에서 충돌을 일으켰다. 나는 기어이 마력을 360대까지 회복시킨 다음, 양손에 포션병을 들고 빅 스카가 있는 곳을 향해 달리기 시작했다.

2단계 소드 익스퍼트가 발동시킨 오러의 힘에 노바로스의 강화까지 추가된 속도는 엄청나게 빨랐다.

하지만 아무리 빨라도 늦는 것이 있었다.

＊　　　＊　　　＊

그것은 적기(適期)다.

다른 말로 하면 타이밍이라고 한다. 나는 머리 위로 날아가는 커다란 늑대를 보며 소리쳤다.

"규호야!"

"대장!"

규호는 날아가면서도 내 부름에 대꾸했다.

얼핏 봤음에도 녀석의 몸은 한껏 뒤틀린 상태였다. 아무래도 빅 스카의 파리채 같은 손바닥에 얻어맞았거나, 아니면 집채만 한 발길에 걷어차였을 것이다.

'대답을 하는 걸 보면 치명상은 아닌 것 같은데……'

한참 날아간 규호는 길가에 있던 5층짜리 빌딩에 처박히며 나가떨어졌다.

그리고 꼼짝도 하지 않았다. 나는 이를 갈며 다시 정면으로 달리기 시작했다.

'죽지만 마라. 이쪽은 내가 알아서 할 테니까.'

그렇다면 이제부터는 철저하게 나 혼자 싸워야 한다.

그리고 잠시 후, 눈앞에 아수라장이 펼쳐졌다.

처참히 찢겨진 시체들이 온 사방에 가득했다.

두 발로 서 있는 시체 군단은 고작 50여 구뿐이었다. 그리고 그 순간.

쿼어어어어어어어어어어어!

빅 스카가 괴성을 지르며 시체 군단을 향해 산성 용액을 뿜어냈다.

마치 드래곤이 브레스를 뿜듯.

치이이이이이이이이이이이익!

마침 시간을 벌기 위해 도망치던 시체들이 순식간에 증발해 버렸다.

소름이 끼쳤다.

뼈만 남은 채 쓰러지는 시체 군단의 모습은 그 자체만으로도 압박이었다.

'어제는 저런 식으로 대량의 산성 용액을 뿜지는 않았는데……'

아무래도 하룻밤 사이에 더 진화한 모양이다.

15미터쯤 되던 키도 18미터 정도로 커졌다. 덩치도 그만큼 더 커져, 마치 작은 동산이 걸어 다니는 듯했다.

그때, 빅 스카의 너머로 고함 소리가 울려 퍼졌다.

"주한, 빅맨이 기절했다! 우린 그만 퇴각한다!"

그것은 빅터의 목소리였다.

동시에 목소리가 들린 쪽에서 폭죽이 터져 올랐다.

펑!

덕분에 빅 스카의 시선도 폭죽을 향했다. 나는 바로 그 순간을 노려, 녀석의 오른쪽 다리를 향해 파고들었다.

촤악!

그리고 발목을 베며 반대편으로 스쳐 지나갔다.

느낌이 다르다.

어제와는 칼날에서 느껴지는 감촉이 전혀 달랐다. 같은 오러 소드라고 해도, 녹색과 파랑색은 절삭력과 강도에서 큰 차이가 났다.

쿼어어어어어어!

빅 스카는 고통스럽게 절규했다.

그리고 내 쪽을 향해 손바닥을 내리찍었다. 나는 급하게 방향을 틀어 그것을 피했다.

콰아아아아아아앙!

맨땅을 후려친 적의 손바닥 주변으로 엄청난 먼지가 솟구쳤다. 나는 지면이 흔들리는 것을 느끼며 녀석과 정면으로 대치했다.

나는 순식간에 재생되는 녀석의 상처를 노려보며 스스로에게 물었다.

'할 수 있을까?'

물론 어리석은 질문이었다.

당연히 할 수 있다.

그리고 할 수 없더라도 해야 한다. 나는 머릿속에 구상했던 다양한 작전을 떠올리며 적을 주시했다.

2단계 소드 익스퍼트가 됐기 때문일까?

빅 스카의 미세한 움직임 하나하나가 눈에 자세히 들어왔다. 녀석은 물론 빨랐지만 덩치가 워낙 크다 보니 행동을 하기 전에 사전 동작을 감출 수가 없었다.

그리고 허벅지와 엉덩이가 꿈틀거린 순간, 녀석의 몸이 엄청난 속도로 내게 다가왔다.

그리고 발등으로 날 걷어찼다.

정확히는 걷어차려 했다. 나는 적의 움직임을 미리 예상하며 몸을 뒤쪽으로 튕겨 물러났다.

부우우우웅!

허공을 가르는 발차기의 소리가 요란하다.

나는 즉시 지면을 박차며 뛰어올랐다.

동시에 공중에 떠오른 녀석의 발목을 베었다.

촤악!

한 번의 일격으로 적의 두꺼운 발목을 절반쯤 파고들었다.

하지만 이것도 얕다.

나는 공중에서 몸을 비틀며 다른 각도에서 베기를 날렸다.

촤아아아악!

이번에는 칼끝이 뼈에 닿는 게 느껴졌다.

하지만 거기까지였다.

콰아아아아아앙!

빅 스카는 허공을 가른 왼발을 그대로 옆으로 휘두르며 내 몸을 쳐 날렸다.

작은 동작이었지만 엄청난 위력이었다. 나는 수십 미터를 뒤로 날아갔고, 녀석은 치켜든 발을 그대로 지면에 내리꽂으며 내 쪽을 향해 도움닫기를 했다.

하지만 무리였다.

우직!

축발을 지면에 꽂은 순간, 발목이 비틀려 부러지며 몸 전체가 앞으로 휘청였다.

'방금 공격이 통했나?'

나는 그 모습을 지켜보며 건물 측면에 처박혔다.

콰과과과과과광!

동시에 건물 벽이 무너지며 안쪽으로 처박혔다.

건물 내부는 모든 것이 새까맣게 타버린 상태였다. 나는 곧바로 몸을 일으켜 깨진 문을 박차고는 밖으로 뛰쳐나왔다.

그사이, 무릎 꿇은 자세로 주저앉은 빅 스카가 격렬한 괴성을 질러댔다.

쿠-우-우-우-워어어어어어어어억!

그리고 녀석의 가슴팍이 부풀어 올랐다.

그것은 소름 끼치는 광경이었다. 가뜩이나 화상 입은 것처럼 부풀어 오른 살점이 더욱 심하게 끓어오르며 튀어나왔다.

그리고 스스로 떨어져 바닥에 추락했다.

철퍽!

철퍽!

나는 눈을 부릅뜬 채 그것을 노려보았다.

추락한 살점들은 곧바로 인간의 형태를 갖추며 몸을 일으키기 시작했다.

스몰 스카.

하지만 지금까지 상대했던 스몰 스카와는 무언가 다르다. 일단 허연색의 피부가 검붉게 물들었고, 머리와 팔꿈치에 긴 뿔이 돋아나기 시작했다.

· 62장 ·
난투

이름: 픽트 스몰 스카 — 1

종족: 변형체

레벨: 1

특징: 기존의 스몰 스카와 달리 본체의 의지로 인해 분열된 정예 변형체. 외관상 인간으로 보이는 모든 것을 공격한다. 해가 지면 활동을 멈춘다. 하지만 외부의 자극이 생기면 곧바로 반응한다.

근력: 383(383)

체력: 477(477)

내구력: 216(216)

항마력: 186(186)

특수 능력

오러: 0

마력: 0

신성: 0

저주: 0

고유 스킬: 산성 체액(상급), 자폭

말하자면 녀석은 기존의 스몰 스카에서 좀 더 개량된 신형이었다.

그리고 공격성도 여전했다.

키이이이익!

두 마리의 신형은 태어나자마자 곧장 내 쪽으로 몸을 날렸다.

'자세가 묘하군.'

녀석들은 팔꿈치에 돋아난 뿔을 앞으로 내밀고 있었다.

얼핏 보면 사마귀 같은 자세다.

잡는 것 자체는 어렵지 않을 것이다. 녀석들이 강해진 이상으로 나도 강해졌으니까.

하지만 죽이는 순간의 자폭만큼은 그냥 넘길 수 없었다. 2단계 소드 익스퍼트인 마리아조차 한쪽 팔이 넝마가 된 채 기절할 정도니까…….

결국 노바로스의 방벽을 써야 한다.

'하지만 지금은 안 된다. 마력을 아껴야 해. 최대한의 마력으로 빅 스카에게 대미지를 줘야 한다.'

나는 찰나의 순간에 판단을 내리며 적을 향해 돌진했다.

그러자 두 마리의 신형이 동시에 팔꿈치를 위아래로 휘둘렀다. 나는 적의 팔꿈치에 달린 뿔을 피하며, 두 녀석의 사이로 아슬아슬하게 빠져나갔다.

키이이이이익!

키에에에에엑!

공격이 실패로 돌아간 두 녀석의 괴성이 등 뒤에서 울린다.

물론 추격하고 있을 것이다.

하지만 당장은 내 알 바가 아니다. 나는 멀리 웅크리고 있는 빅 스카를 향해 전력으로 질주했다.

그리고 비어 있는 왼손으로 컴팩트 볼을 만들어 날렸다.

연속으로.

콰아앙!

콰아아아앙!

콰과과과과과과광!

불과 3초 사이에 세 발의 컴팩트 볼을 연속으로 날렸다.

목표는 적의 두꺼운 가슴팍에 살점을 덜어내는 것이다.

효과는 확실했다.

오러의 단계가 하나 높아졌기 때문일까?

순식간에 엄청난 양의 살점이 본체로부터 찢겨 나갔다.

물론 저 모든 살점은 다시 지면에 떨어져 부활할 것이다.

스몰 스카로.

하지만 당장은 상관없다. 내가 노리는 것은 녀석의 살덩어리가 아닌 '실체'에 조금이라도 더 강력한 피해를 입히는 것이니까.

나는 수십 미터를 단숨에 도약했다.

그리고 마구 파헤쳐진 적의 가슴팍을 몸 전체로 내려꽂았다.

칼을 세워서.

동시에 머리 위에서 대량의 액체가 쏟아졌다.

쿠웨에에에에엑!

그것은 적의 입에서 쏟아진 산성 용액이었다. 나는 용액이 머리에 닿기 전에 그 자세 그대로 온 마력을 쏟아냈다.

'노바로스의 파도!'

그러자 눈앞의 모든 것이 붉은색으로 물들었다.

푸화아아아아아아아아아아악!

동시에 불길 사이로 새까만 매연이 엄청난 기세로 솟아올랐다.

치이이이이이이이이익!

너덜거리던 적의 가슴팍의 살점들도.

그리고 머리 위로 떨어지던 산성 용액도 일순간 불타오르며 재와 연기로 변했다.

덕분에 꽂아 넣은 칼이 헐렁거리기 시작했다. 나는 칼을 뽑아냄과 동시에 적의 몸을 박차며 뒤쪽으로 몸을 날렸다.

하지만 바로 그 순간 작열하는 불길을 뚫으며 빅 스카의 양 팔이 날아왔다.

바로 어제 몇 번이나 날 죽음으로 몰고 간 박수 공격이다.

하지만 내겐 더 이상의 마력이 남아 있지 않았다.

'망할!'

나는 급한 대로 양팔에 오러 실드를 전개했다.

그리고 빅 스카는 손뼉을 마주쳤다.

촤아아아아아아악!

오러 실드 따위는 한순간에 소멸했다.

"컥……."

나는 늑골이 으스러지는 듯한 충격을 느끼며 지면으로 추락했다.

하지만 정신을 잃을 정도는 아니었다. 나는 공중에서 애써 몸을 바로잡으며 양발로 지면에 착지했다. 그리고 곧바로 지면을 박차며 다시 앞으로 몸을 날렸다.

'여기서 끝장을 봐야 해!'

하지만 그런 내 앞을 두 마리의 스몰 스카가 동시에 가로막았다.

'뭐지?'

심지어 방금 전에 돌파했던 신형이 아니었다. 두 마리의 신형은 그 와중에 등 뒤로 육박하며 괴성을 지르고 있었다.

키이이이이이이익!

앞뒤로 총 네 마리다.

'구형은 갑자기 어디서 나타난 거야!'

그리고 그 와중에 앞을 가로막은 스몰 스카 너머로 빅 스카의 앙상한 모습이 드러났다.

노바로스의 파도에 의해 대부분의 살점과 대량의 근육이 불에 타 날아갔다.

지금이다.

어떻게든 지금 적의 심장이나 두개골에 칼을 박고 정령의 힘을 방출해야 한다.

깊숙하게.

어제는 기본 스텟이 부족해서 거기까지 닿을 수 없었다. 하지만 오늘은 가능할 것이다.

'다시 한 번 접근할 수만 있다면……'

정면의 스몰 스카들은 마치 어미의 위기를 온몸으로 막겠다는 듯 양팔을 펼치고 있었다.

완벽한 무방비 자세로.

하지만 녀석들은 치명상을 입은 순간 자폭한다. 그래서 나는 두 녀석 중 먼저 왼쪽 녀석의 어깻죽지를 향해 찌르기를 날렸다.

푸확!

단숨에 관통한 칼날 너머로 산성 체액이 튀어나왔다.

하지만 자폭의 징조는 아니었다.

'지금 터뜨리면 안 돼!'

나는 칼을 꽂은 녀석의 몸을 기세로 밀어붙였다.

동시에 오른쪽 녀석의 손톱이 내 옆구리를 스치며 지나갔다.

파지지지직!

대신 오러가 반응하며 공격을 튕겨냈다.

피해는 없다.

하지만 오러가 추가적으로 소모된 것도 피해라면 피해다. 나는 오른팔을 꺾으며 칼에 꽂힌 스몰 스카를 위로 들어 올렸다.

그리고 온 힘을 다해 위로 뛰어올랐다.

지면을 박차며.

칼에 스몰 스카 한 마리를 꽂은 채, 온몸에서 검은 연기를 뿜어내고 있는 빅 스카의 가슴팍을 향해 몸을 날렸다.

녀석의 가슴은 한층 더 움푹 패어 있었다.

특히 처음 칼날을 쑤셔 박은 그 자리는 더욱 깊숙이 녹아내렸다.

나는 그 중심부에 다시 한 번 칼을 찔러 넣었다.

함께 꽂혀 있는 스몰 스카와 함께.

푸확!

그리고 스몰 스카의 쫙 벌어진 아가리 속으로 컴팩트 볼을 던져 터뜨렸다.

콰과과과과과광!

녀석의 징그러운 머리가 한순간에 폭발하며 날아갔다.

동시에 머리를 잃은 몸이 부풀어 오르며 터졌다.

푸확!

엄청난 압력과 함께 대량의 산성 체액이 엄청난 기세로 뿜어져 나왔다.

치이이이이이익!

나는 온몸으로 그것을 받아냈다.

오러가 엄청난 속도로 줄어드는 것이 느껴진다.

하지만 피해를 입은 건 나 혼자가 아니었다. 한껏 팬 빅 스카의 가슴팍 역시 자폭에 휘말리며 더욱 깊이 터져 나갔다.

덕분에 뼈까지 날아갔다.

눈앞에 보이는 것은 녀석의 거대한 장기뿐.

저것은 심장일까?

아니면 폐나 위장일까?

어제도 그것이 궁금했다.

하지만 확인할 새도 없이 손뼉 공격에 맞아 죽었다.

하지만 오늘은 다르다. 나는 붉고 푸른 핏줄에 잔뜩 휘감겨 있는 정체불명의 장기에 칼을 찔러 넣었다.

콰직!

어제와는 느낌이 달랐다.

파란색의 오러 소드를 머금은 정령의 칼은 그야말로 거침없이 깊숙한 곳으로 파고들었다.

단숨에 손잡이까지.

나는 이를 악물며 소리쳤다.

"크로우!"

        *   *   *

순간 빛이 번쩍였다.

검은빛.

그것은 존재만으로도 역설적이었다. 하지만 칼날 전체가 적의 몸에 끝까지 박혀 있는 관계로 나는 그 역설을 온전하게 즐길 수 없었다.

동시에 온 세상이 격렬하게 흔들렸다.

빅 스카가 몸을 떨고 있었다.

'성공인가? 아니면 이걸로도 안 되나?'

불과 1초밖에 안 되는 시간 동안 나는 몇 번이나 흔들리며 번민했다.

그리고 1초가 지났을 때, 빅 스카의 거대한 몸뚱이가 뒤로 천천히 넘어갔다.

쿠우우우우우웅…….

녀석이 쓰러진 순간, 사방으로 흙먼지가 피어올랐다.

그리고 침묵이 이어졌다.

"……."

나는 쓰러진 거대한 괴물을 밟고 서 있었다. 순간 아득해지려는 정신을 바로잡으며 스캐닝을 사용했다.

이름: 빅 스카의 시체

종류: 마법 재료

특수 효과: 특수한 마법 물약의 재료로 쓸 수 있다. 그 외의 용도는 불명

나는 탄성을 질렀다.

하지만 기쁨에 젖어 있을 시간은 없었다. 나는 재빨리 빅 스카의 가슴팍에 깊숙이 박힌 정령검부터 뽑아냈다.

푸확!

벌어진 상처로부터 대량의 산성 용액이 솟구쳐 오른다.

문제는 그게 아니었다. 나는 쉴 틈도 없이 빅 스카의 머리 쪽을 향해 달리기 시작했다.

키이이이이이이익!

동시에 등 뒤에서 스몰 스카들의 비명 소리가 울렸다. 나는 뒤도 돌아보지 않고 앞으로 내달린 다음, 빅 스카의 머리를 박차며 건너편의 지면을 향해 뛰어내렸다.

"큭!"

그리고 지면에 착지함과 동시에 몸을 회전하며 뒤쪽을 경계했다. 총 세 마리의 스몰 스카는 이미 내 눈앞까지 육박해 있는 상태였다.

온몸이 부풀어 오른 채 당장에라도 자폭을 감행할 기세로.

*　　　　*　　　　*

하지만 나는 말 그대로 빈털터리였다.

노바로스의 파도를 쓰느라 남은 마력을 몽땅 소모했고, 뒤를 이어 정령검의 힘을 발동하느라 남은 오러도 전부 사용했다.

내게 남은 거라곤 처음에 미리 발동시켜 놓은 노바로스의 강화뿐.

심지어 칼날에 발동시킨 오러 소드의 푸른빛마저 희미해지고 있었다.

나는 죽음을 예감했다.

먼저 달려든 건 두 마리였다.

네 개의 뿔이 눈앞을 어지럽힌다. 나는 뒷걸음을 치며 적의 공격을 피했다.

하지만 섣불리 반격할 수가 없었다.

'노바로스의 강화가 아직 남아 있다. 어떻게든 잡을 수는 있는데⋯⋯.'

문제는 자폭이다. 지금 내 상태로 적의 자폭을 허용하면 죽는다.

그렇다고 죽어서 5분 전으로 돌아간다 해도 달라지는 건 없다. 빅 스카를 쓰러뜨리기 위해선 결국 마력과 오러를 전부 소모할 수밖에 없으니까.

'어떻게 하지?'

나는 적의 공격을 계속 피하고 막아내며 고민했다.

그런데 그때, 눈앞이 아쩔거리며 현기증이 일어났다.

동시에 두 마리의 신형이 팔꿈치의 뿔을 휘둘렀고, 다른 두 마리의 구형이 양쪽 앞으로 퍼지며 덮치려는 듯 몸을 날렸다.

위험하다.

하지만 적의 공격 자체는 오히려 더 잘 보였다. 나는 현기증을 억지로 참으며 날아오는 뿔을 피한 다음, 그대로 왼쪽으로 몸을 기울이며 양팔을 뻗은 구형 스몰 스카의 두 팔을 동시에 베어버렸다.

촤아아악!

그것은 나도 모르게 나온 반격이었다.

"기본자세는 매우 중요하네. 끊임없이 반복하면서 몸에 새겨놔야 하지. 그래야 검술의 기초가 되고, 나중엔 생각하지 않아도 몸이 자연스럽게 반응할 수 있게 된다네."

문득 카라돈 산맥에서 팔틱에게 검술 수련을 받던 기억이 떠올랐다.

'그런데 왜 하필 이때냐고!'

양팔이 잘린 스몰 스카는 순간적으로 부풀어 오르기 시작했다.

터진다.

나는 전력을 다해 뒤쪽으로 몸을 날렸다. 동시에 등 뒤로 또 다른 스몰 스카의 소리가 들렸다.

키이이이이익!

녀석은 내 쪽으로 팔을 뻗고 있을 것이다.

날카로운 손톱이 달린 양손을.

어째서인지는 몰라도, 돌아보지 않아도 알 수 있었다.

그래서 피할 수 있었다. 몸을 살짝 웅크리자 어깨 너머로 적의 손이 쑥 뻗어왔다.

그 순간, 생각보다 먼저 몸이 움직였다.

나는 녀석의 손목을 움켜쥔 다음, 그대로 끌어당기며 몸 전체를 회전했다.

녀석을 방패로 삼기 위해서.

마치 처음부터 이렇게 할 거라고 준비라도 한 듯, 온몸이 너무도 자연스럽게 움직였다.

동시에 양팔이 잘린 스몰 스카가 폭발했다.

푸화아악!

찰나의 순간이었지만 방패로 삼은 스몰 스카의 몸이 움찔거리는 것이 느껴졌다.

녀석 덕분에 직격을 피할 수 있었다. 나는 방패 삼은 적의 몸을 발로 걷어차며 반대 방향으로 다시 한 번 몸을 날렸다.

치이이이이이이익!

온 사방에 하얀 연기가 치솟았다.

그것은 적의 자폭으로 만들어진 산성 용액 지대였다. 나는 한 번의 도약으로 그 전체를 뛰어넘으며 안전한 곳까지 몸을 날렸다.

그리고 멈췄던 숨을 몰아쉬었다.

'방금 뭘 어떻게 한 거지?'

마치 꿈같은 순간이었다.

내가 했으면서도 스스로 믿을 수가 없었다.

그리고 그 순간, 칼의 정령이 모습을 드러내며 소리쳤다.

─이제 한계야! 더 이상 오러도 없이 날 쓰지 마!

이미 칼날에서 투명한 연기가 피어오르고 있었다. 나는 입술을 깨물며 칼에 묻은 산성 용액을 휘둘러 털어냈다.

'이 와중에 자기 목숨만 챙기는 건가?'

—욕할 거면 너도 죽은 다음에 욕해! 일단 칼날이 녹아버리면 난 소멸한다고!

크로우는 필사적으로 소리치며 말했다.

—그리고 너도 더 강해졌어! 그러니 비관만 하지 말고 제대로 좀 해봐!

"더 강해졌다고?"

나는 산성 용액 지대에서 비틀거리는 세 마리의 스몰 스카를 노려보았다.

그리고 스스로를 스캐닝했다.

레벨: 36

일단 레벨이 올랐다.

'어째서?'

덕분에 기본 스탯도 높아졌다. 나는 눈을 크게 뜨며 오러 스탯을 확인했다.

오러: 0(477)

'왜 갑자기 최대치가 팍 오른 거지? 빅 스카와 싸우기 전에 451이었는데?'

의문이 바로 답이었다.

빅 스카를 잡고 나서 오른 것이다.

너무도 당연한 일이라 오히려 잊고 있었다. 스몰 스카가 몬스터 취급을 받으면서 특수 스텟을 높여준다면, 빅 스카를 잡았을 때 그보다 많은 스텟이 올라가는 건 당연한 일이었다.

'그래도 이 정도일 줄은 몰랐다. 한 번에 26이 오를 줄이야······.'

그렇다고 상황이 반전된 건 아니다.

내가 실제로 쓸 수 있는 오러는 여전히 제로였다.

그리고 세 마리의 스몰 스카는 여전했다. 비록 방패로 썼던 녀석은 손상이 심각한 듯 비틀거리고 있었지만, 다른 두 마리는 피부가 약간씩 녹아내리는 정도에 불과했다.

'방금 전에는 몸이 스스로 움직여서 어찌어찌 살아남았지만······.'

나는 적들을 노려보며 조금씩 뒷걸음쳤다.

같은 행운이 앞으로 세 번 더 반복되리란 보장은 없다.

그렇다고 무작정 도망칠 수도 없다. 녀석들은 끝까지 날 추격해 올 것이다.

새로운 인간들이 눈에 띌 때까지.

키이이이이이익!

쿼에에에에에엑!

동시에 두 마리의 신형이 내 쪽으로 돌진했다. 나는 방금 전처럼 두 마리 중 한 마리를 방패 삼아 자폭을 막아내는 전술을 머릿속에 구상했다.

하지만 잘 안 됐다.

시간도 촉박했고, 무엇보다 일부러 하려고 한다고 해서 되는 일도 아니었다.

그런데 그 순간, 회색의 거대한 덩어리가 엄청난 기세로 달려와 앞을 가로막았다.

"대장, 뒤로 빠져!"

왼팔이 뒤틀린 거대한 늑대 인간.

바로 규호였다.

하지만 타이밍이 좋지 않았다. 두 마리의 신형은 팔꿈치의 뿔을 내밀며 규호의 몸에 다짜고짜 들이받았다.

한 마리는 피했고.

부웅!

다른 한 마리는 규호의 몸에 박혔다.

"크악!"

규호는 비명을 질렀다. 동시에 자신에게 뿔을 박아 넣은 녀석의 머리통을 움켜쥐었다.

그리고 뽑아냈다.

꽈득!

동시에 녀석의 몸이 폭발했다.

푸확!

"규호야!"

나는 규호를 향해 몸을 날렸다.

사방에서 산성 체액이 쏟아졌지만 안중에도 들어오지도 않았다. 나는 뒤로 날아가는 규호의 몸을 받아낸 다음, 곧바로 반대편으로 몸을 날렸다.

하지만 적은 한 마리가 더 있었다.

키이이이이이익!

첫 공격이 빗나가자 괴성을 지르며 내 쪽으로 따라붙는다.

"큭!"

나는 몸을 비틀며 규호의 몸을 반대편으로 집어 던졌다. 동시에 등 쪽으로 뜨거운 통증이 느껴졌다.

푹!

'찔렸나?'

나는 반사적으로 몸을 숙였다. 그러자 등에 박힌 적의 뿔이 빠지는 것이 느껴졌다.

왼쪽 옆구리에 가까운 쪽이다.

앞으로 뚫고 나오진 않았으니 치명상은 아닐 테지.

흥분된 상태인지 통증도 거의 없었다. 나는 자연스럽게 몸을 회전하며 격양된 적과 마주했다.

녀석은 오른 팔꿈치의 뿔을 치켜들고 있었다.

'변형이 잘못됐군.'

나는 눈살을 찌푸리며 적의 공격을 피했다.

만약 뿔이 팔꿈치가 아닌, 손목이나 주먹에 돋아났다면 훨

썬 위협적이었을 것이다.

그리고 휘두른 오른팔을 칼로 잘라냈다.

의도하지 않았지만 자연스럽게.

'몸이 자동으로 반응한다. 하지만 이번엔 양팔이 아니라 한쪽 팔인데?'

나는 부릅뜬 눈으로 적의 움직임을 주시했다.

키이이이이이익!

팔이 잘린 녀석은 비명을 지르며 뒤로 물러섰다.

자폭하지 않았다.

그것만으로도 안도할 수 있었다. 하지만 한숨 돌렸다고 생각한 순간, 갑자기 온몸에 극심한 통증이 느껴졌다.

치이이이이이익!

그 순간에도 내 몸은 타고 있었다.

자폭에 휘말린 규호를 구출한 순간 내 몸에도 대량의 산성 용액이 묻었다.

그리고 내가 서 있는 바닥도 마찬가지였다. 나는 이미 녹아내린 신발을 흔들어 털어내며 이를 악물었다.

평범한 인간이었다면 이미 피부가 전부 녹아버렸을 것이다.

기본적인 내구력이 높은 게 천만다행이었다. 나는 작열하는 통증을 참으며 적의 움직임을 주시했다.

한쪽 팔이 잘린 신형 스몰 스카.

그리고 방패 대용으로 쓰였던 구형 스몰 스카.

이렇게 두 마리가 모여 날 협공할 자세를 잡고 있었다.

둘 다 손상이 심한 듯 비틀거리고 있다. 하지만 지금 내 몸도 녀석들 못지않게 심각한 상태였다.

고통은 참을 수 있다.

하지만 손상된 육체를 억지로 움직이는 건 무리였다. 나는 산성 용액이 잔뜩 묻었던 왼쪽 어깨에 점점 힘이 풀리는 걸 느꼈다.

그 순간, 하늘에서 누군가 소리쳤다.

"주한 님!"

동시에 검은 갑옷을 입은 여자가 적들을 향해 물 덩어리를 쏘아대며 내 옆으로 날아왔다.

푸화아아아악!

동시에 물 덩어리가 폭발하며 세찬 바람과 함께 폭풍을 일으키기 시작했다.

"괜찮으신가요! 저희가 늦었습니다! 아으……."

착지한 여자는 내 몰골을 살피며 신음 소리를 냈다. 나는 여자의 얼굴을 기억하며 한숨을 내쉬었다.

"셀리아 왕녀님……."

"아… 이럴 줄 알았다면 억지를 부려서라도 좀 더 일찍 올 것을……."

왕녀는 떨리는 손을 뻗었다.

하지만 차마 내 몸을 건드리진 못했다. 덕분에 나는 내가 느끼는 이상으로 상태가 심각하다는 걸 알 수 있었다.

그 순간, 작열하는 물보라가 걷히며 두 마리의 스몰 스카가 괴성을 질렀다.

키이이이이이익!

"물 폭탄 정도로 죽을 놈들이 아닙니다."

나는 왕녀에게 말했다. 왕녀는 괴로운 표정으로 웃으며 고개를 끄덕였다.

"저도 알아요."

동시에 적의 뒤편으로 검은 갑옷을 입은 세 명의 남자가 달려왔다.

엄청난 속도로.

촤아아아아아아아아악!

두 남자는 실로 호쾌한 기세로 스몰 스카들을 베어버렸다.

동시에 왕녀가 내 앞을 가로막으며 소리쳤다.

"몸을 숙이세요!"

그리고 두꺼운 얼음의 방벽을 일으켜 세웠다.

치이이이이이이익!

왕녀가 만든 얼음의 벽은 모두 여섯 겹이었다.

처음 두 겹은 자폭에 직접 닿으며 박살 났고, 중간의 두 겹은 사방으로 튀는 산성 용액을 받아내며 순식간에 녹아버렸다.

그리고 다섯 번째 방벽 역시 대부분 녹았다. 하지만 여섯 번째는 굳건히 버티며 우리 두 사람을 지켜주었다.

왕녀는 한숨을 내쉬며 눈앞의 얼음 방벽을 손으로 쓰다듬 었다.

"휴, 계속하다 보니 이것도 익숙해지는군요."

"네……?"

"아, 지금까지 저도 작은 괴물 퇴치에 힘을 보탰거든요. 뱅가 드만큼은 아니지만 다른 곳에 출몰한 몬스터도 강력해서……."

뿌듯한 얼굴의 왕녀는 곧바로 내 쪽을 돌아보며 괴로운 표 정을 지었다.

"저… 괜찮으신가요? 너무 심각해 보이는데… 아프지 않으 세요?"

"아픕니다."

나는 짧게 대답하며 뒷걸음쳤다.

내가 뒷걸음을 친 것은 산성 용액이 튀지 않은 바닥에 쓰러 지기 위해서였다.

그렇게 마지막 힘을 다해 걸음을 옮긴 다음 주저앉았다. 그 러자 검은 갑옷을 입은 기사들이 얼음 방벽 옆으로 돌아오며 모습을 드러냈다.

"이 녀석들은 더 지독하군. 흑룡 갑옷이 한 번의 자폭을 못 견디다니……."

그중 한 명이 반쯤 녹은 투구를 벗으며 투덜거렸다.

"파비앙 왕자님."

나는 왕자의 얼굴을 기억하며 고개를 숙였다.

그것은 인사가 아니었다. 나는 지독한 고통과 피로감으로 더 이상 목을 가눌 수조차 없는 상태였다.

＊　　　＊　　　＊

차라리 기절했으면 좋았을 것이다.

하지만 단순히 육체의 손상이나 통증만으로는 좀처럼 의식이 사라지지 않았다.

아마도 높은 정신력이나 높은 내구력 때문일 것이다. 나는 왕자의 일행과 함께 온 신관들에게 집중적인 치료를 받으며 끔찍한 통증에 몸서리쳤다.

"일부는 근육이 녹아 뼈까지 보일 지경입니다. 이러고도 움직일 수 있다니… 정신력이 엄청난 분이시군요."

신관의 옷에는 지식의 신인 파비라의 문장이 새겨져 있었다. 나는 넝마가 된 옷 안에 넣어둔 시공간의 주머니를 떠올리며 긴장했다.

'설마 파비라의 성물이 도난당한 걸 눈치채진 못했겠지…….'

"괜찮은가? 안색이 나빠 보이는군."

파비앙 왕자가 걱정스러운 얼굴로 물었다. 나는 평소에도 안색이 나빠 보이는 왕자의 창백한 얼굴을 보며 쓴웃음을 지었다.

"솔직히 안 괜찮습니다. 식인 개미 떼가 온몸을 기어 다니며 물어뜯는 기분입니다."

"…그럴 만도 하지. 우리 쪽 막내는 회복된 다음에도 울면
서 하루 종일 꼼짝도 못 하더군."

그러자 근처에 서 있던 검은 갑옷의 기사가 앞으로 나서며
항변했다.

"반나절입니다. 그리고 울고 싶어서 운 게 아닙니다. 그냥
계속 눈에서 눈물이 흘러나온 것뿐인데……."

"아, 소개하지. 이쪽은 흑룡기사단의 막내인 로스풀 남작이
다."

왕자는 기사를 소개했다. 나는 고개를 끄덕이며 낮은 목소
리로 대답했다.

"만나서 반갑습니다, 로스풀 경."

"저야말로 만나 뵙게 되어 영광입니다, 문주한 님. 왕자님께
이야기를 많이 들었습니다."

로스풀은 기껏해야 20대 초반 정도로 보였다. 나는 스캐닝
을 해볼까 잠시 고민하다 말았다.

왕자는 바로 옆에 서 있는 또 다른 기사를 돌아보며 말했다.

"그리고 이쪽은 구면이지. 루나루나, 상황이 정리되었으니
투구는 그만 벗는 게 어떤가?"

"…네, 왕자님."

투구를 벗은 여자는 왕자의 감시자이자 경호원이었던 루니
아였다. 나는 그녀도 흑룡기사단의 일원이었다는 것을 기억하

며 고개를 끄덕였다.

"오랜만입니다, 루니아. 샌드 웜 킹을 사냥한 이후로 처음이
군요."

"그렇습니다, 주한 님. 우린 어째 강력한 몬스터를 사냥하
는 것과 인연이 있는 모양이군요."

루니아는 깍듯이 인사하며 말했다. 나는 그녀가 왕자와 함
께일 때는 내게 존대를 쓰고, 왕자가 없을 때는 하대를 하던
걸 기억하며 쓴웃음을 지었다.

"여전해 보여 다행이군요. 그런데 정말 좋은 타이밍에 와주
셨습니다."

"솔직히 많이 늦었다. 이쪽도 일이 급해서 어쩔 수 없었지."

파비앙 왕자는 고개를 저으며 사과했다.

"덕분에 뱅가드라는 핵심 도시의 방위를 정규군도 아닌 너
희들에게 떠넘기고 말았다. 안티카 왕국의 주재자 중 한 사람
으로서, 이 자리를 빌려 사과하도록 하겠다."

"그러실 필요 없습니다."

나는 천천히 고개를 저었다.

"빅 스카는 동시에 다섯 마리가 출몰했으니까요. 다른 곳
은 어떻게 됐습니까?"

"사실 그걸 처리하고 오느라 늦었다. 세 마리는 이미 퇴치했
고, 남은 하나는 다른 흑룡기사단이 맡아서 처리하고 있다."

왕자는 중천에 떠오른 태양을 올려다보며 말했다.

"지금쯤 그쪽도 끝났겠군. 어쨌든 재앙이었다. 흑룡기사단이 이런 일에 내성이 있어 망정이지, 하마터면 국가 전체가 무너질 뻔했다."

"…흑룡기사단은 원래 강력한 몬스터를 퇴치하는 일은 맡고 있다고 하셨죠?"

"그래. 그 때문에 나를 포함해 열 명의 기사단 전부가 투입됐다. 왕실 마법사단도 전부 동원됐지. 셀리아까지 포함해서… 그런데 너는 그 괴물을 빅 스카라고 부르나?"

나는 이름의 경위를 설명했다. 왕자는 싸늘한 표정으로 눈을 흘기며 고개를 끄덕였다.

"그렇군. 그 스카노스 회장인가? 지독한 자다. 마지막까지 안티카에 재앙을 선사하다니."

"어쨌든 퇴치해서 다행입니다. 이제 한동안 숨을 돌릴 수 있겠죠."

나는 가까스로 고개를 돌려 멀리 뻗어 있는 거대한 괴물의 시체를 바라보았다.

그때 반대편에서 덩치 큰 워울프가 투덜거리며 다가왔다.

"아오, 죽는 줄 알았네."

"규호야! 괜찮은 거야?"

"응? 나?"

규호는 생각보다 멀쩡해 보였다. 녀석은 확 짧아진 온몸의 털을 쓰다듬으며 대꾸했다.

"나야 언제나 튼튼하지. 대장보다 열 배는 멀쩡할걸? 그래도 좀 전에는 돌아가시는 줄 알았지만."

"…아무튼 무사해서 다행이다."

"대장도. 아, 무사한 건 아닌가? 나는 잠깐 기절했을 뿐인데… 대장은 완전 너덜너덜해졌잖아?"

규호는 눈살을 찌푸리며 내 옆에 걸터앉았다. 나는 피부가 드러난 녀석의 가슴팍을 보며 쓴웃음을 지었다.

"털가죽이 두꺼워서 살았구나."

"그보다는 오러가 남아 있어서가 아닐까? 재생도 빠르게 됐고."

"재생?"

"워울프는 원래 잔 상처가 빨리 나아. 생채기 같은 건 순식간에 사라진다고. 나도 처음엔 꽤 심했을 거야. 정신 차리고 보니 많이 재생되어서 그렇지."

그러고는 눈을 가늘게 뜨며 투덜거렸다.

"그래도 맘에 안 드네. 나도 꽤 쓸 만하다고 생각했는데 말이야. 별로 도움이 안 됐어."

"무슨 소리냐. 너는 충분히 도움이 됐어."

나는 규호의 뒷목에 남은 갈기털을 쓰다듬으며 웃었다.

비록 몇 초에 불과했지만 규호가 시간을 끌어주지 않았더라면 나는 목숨을 잃었을 것이다.

나는 한숨을 내쉬며 파비앙 왕자를 올려다보았다.

"어쨌든 전부 끝나서 다행입니다. 피해는 심각하지만 복구가 불가능할 정도는 아니겠죠."

"물론이다. 하지만 전부 끝난 건 아니다. 이제 겨우 시작이지."

"네?"

"아직 못 들었나?"

왕자는 이상하다는 눈으로 날 내려다보았다.

"소식은 이미 어제 전해졌을 텐데, 혹시 못 들은 건가?"

"무슨 소식 말입니까?"

"…글라시스가 전달하지 않은 것 같군. 그래, 전투에 영향을 끼치지 않으려고 그랬겠지. 괜히 마음만 더 심란해질 테니까."

왕자는 혀를 차며 말을 이었다.

"젠투의 대신전이 함락됐다."

· 63장 ·
회귀자의 결의

나는 한동안 말을 잇지 못했다.

"젠투의 대신전이 함락됐다니… 거긴 제가 지켰습니다. 전부 물리쳤단 말입니다. 물론 저 혼자 지켜낸 건 아닙니다만."

"나도 알고 있다. 대신전 앞에서 벌어진 전투가 링카르트 공화국의 승리로 끝났다는 건."

왕자는 고개를 저으며 말을 이었다.

"하지만 전투가 끝나고 몇 시간쯤 지났을 때 새로운 적이 다시 쳐들어왔다고 하더군."

"새로운 적이라니……"

나는 맵온으로 대신전 근처를 샅샅이 조사했던 기억을 떠올렸다.

"하지만 대신전 주변에 다른 적은 없었습니다. 설마 그사이에 새로운 군대가 몰려왔단 말씀입니까?"

"새로운 적은 단둘이었다고 한다."

"두 명요?"

"나도 정확한 경위는 모른다. 가까스로 도망친 병사의 증언을 전해 들은 것뿐이다."

나는 마른침을 삼키며 되물었다.

"가까스로 도망친 병사라니, 그곳엔 링카르트군 제2군단장인 도르트 경과 3천 명 이상의 정예군이 지키고 있었습니다만?"

"그들은 전멸했다."

왕자는 싸늘한 표정으로 대답했다.

"생존자는 백 명도 안 된다고 하더군. 자세한 정보는 아직이다. 링카르트 공화국은 지금 안티카 이상으로 혼란스러운 상황인 것 같다."

"대체 어떻게……."

어이가 없었다.

물론 그때도 의구심은 들었다. 젠투의 대신전을 습격한 별동대에 겔브레스가 없다는 사실에.

하지만 겔브레스가 뒤늦게 공격을 감행한다 해도 대신전에 남은 공화국의 군대라면 충분히 막아낼 수 있을 거라 판단했다.

'오판이었군.'

나는 눈을 질끈 감으며 말했다.

"그럼 또 하나의 각인이 사라졌겠군요."

젠투의 대신전에서 담당하던 각인은 감정의 각인이다.

비록 '중급'까지는 가장 쓸데없는 각인이지만 그래도 레비그라스의 인류는 또다시 특별한 힘을 영원히 잃게 된 것이다.

하지만 왕자는 고개를 저었다.

"아니, 각인은 그대로 있다."

"네?"

"너도 감정의 각인을 받지 않았나? 직접 발동시키면 알 수 있을 텐데?"

하지만 내 감정의 각인은 초월 능력으로 넘어간 상태다.

덕분에 성물이 파괴되어 모든 사람이 각인의 힘을 잃게 되더라도 오직 나만은 그 힘을 쓸 수 있다.

하지만 왕자는 그 사실을 모른다. 파비앙은 눈살을 찌푸리며 한숨을 내쉬었다.

"어쨌든 기이한 일이다. 크로아크의 대신전을 습격했을 때는 곧바로 성물을 파괴했지. 어째서 이번엔 성물을 그냥 놔둔 걸까? 당장에라도 파괴할 수 있으니 뭔가를 노리고 뜸을 들이는 건가?"

나 역시 그것이 의문이었다.

하지만 당장은 아무것도 알 수 없다. 지금의 나는 그저 신관들의 회복 마법에 몸을 맡긴 채 상처가 빠르게 회복되길 기다릴 수밖에 없었다.

*　　　*　　　*

젠투의 대신전의 가장 깊은 곳에 있는 성물의 방.

사방이 피 냄새로 가득했다.

스텔라의 눈에 보이는 것은 오직 시체뿐이었다. 그녀는 몽롱한 기분으로 자신에게 명령한 신관의 목소리만을 계속 반복해서 떠올렸다.

"너는 지금부터 겔브레스 님의 명령에 따라 행동한다. 정해진 행동과 질문 이외엔 그 어떤 것도 하지 말도록. 위대한 빛의 신의 뜻에 거스르지 않기 위해 목숨을 바쳐라."

그것은 그녀를 세뇌한 신관의 목소리였다.

세뇌는 강력했다. 스텔라는 겔브레스가 자신에게 명령을 내릴 때까지 그 어떤 반응도 보이지 않았다.

그리고 잠시 후.

폭풍 같은 살육의 소용돌이가 그치자, 겔브레스가 주변을 천천히 둘러보며 말했다.

"성물의 방도 제압이 끝났군요. 목표는 달성한 것 같습니다."

겔브레스가 말을 건 상대는 스텔라가 아니었다. 마찬가지로 온몸에 검은 기운을 두른 붉은 머리의 남자가 고개를 끄덕이며 단상이 있는 곳을 향해 걸음을 옮겼다.

"한바탕 하고 났더니 기분이 좀 풀리는군."

그는 신성제국의 황자인 루도카였다. 루도카는 자신의 검은 기운으로 사방에 널브러진 시체들을 흡수하며 말했다.

"보이디아 차원의 힘은 내 생각보다 훨씬 강하다. 이제 아무래도 상관없어. 신성제국도, 레비의 대신전도."

"황자님이 원래 뛰어난 마법사였기 때문에 가능한 일입니다. 황자님은 '힘'을 다루는 법을 알고 계시죠. 아무것도 모르는 채 보이디아에 넘어갔다 온 저와는 차원이 다르십니다."

겔브레스는 루도카에게 복종하는 모습이었다. 루도카는 무표정한 얼굴로 앞에 놓인 기묘한 주머니를 내려다보았다.

"그래. 난 마력을 다루는 법을 알고 있지, 오로도. 다만 필요한 만큼 많은 힘을 가지진 못했다. 하지만 이 힘은 달라."

그러고는 성물의 방 전체에 깔아뒀던 어둠의 기운을 자신의 몸으로 집중시켰다.

"오히려 필요한 이상의 힘이 생겨 버렸다. 림카르트 공화국이 자랑하는 군단도 별거 아니더군."

"그래서 앞으로 어떻게 하실 겁니까?"

"내겐 두 가지 길이 있다."

황자는 차가운 얼굴로 말했다.

"하나는 신성제국을 배신하고 안티카 왕국에 귀화하는 것."

"왜 그렇게 해야 합니까?"

"그래야 셀리아 왕녀를 가질 수 있을 테니까. 하지만……."

루도카는 검은 기운에 휩싸인 자신의 양손을 내려다보며 침묵했다.

"황자님?"

"아니, 그건 안 되겠지. 제국을 배신하면 더 이상 약을 얻을 수 없을 테니까. 겔브레스?"

루도카는 뒤를 돌아보며 물었다.

"대신관의 약을 먹지 않으면 결국 난 어떻게 되나?"

"남은 인간성을 모두 잃고 어둠에 먹혀 어둠이 됩니다."

무시무시한 대답이었다. 루도카는 고개를 끄덕이며 중얼거렸다.

"그런가… 그것도 나쁘지 않겠군."

"황자님이 무엇을 택하든 저는 거기에 따르겠습니다. 하지만 황자님, 당신은 인간으로서 원하는 모든 것을 가질 수 있습니다. 저처럼 대신전의 지하에서 유령처럼 사는 길을 택할 필요는 없습니다. 원하신다면 제국의 황제가 될 수도 있고, 백 년 이상 젊음을 유지하며 영화를 누릴 수도 있습니다."

"백 년 이상 젊음을 유지한다고?"

"대신관에게 그런 약이 있습니다. 영생의 비약이라고 하죠. 제가 직접 몸으로 실험을 도왔습니다. 덕분에 이렇게 젊음을 유지하고 있는 겁니다."

젤브레스는 이미 40년 전에 제국령의 소국을 멸망시켰다.

하지만 지금까지도 그의 얼굴엔 희미한 주름조차 없었다. 루도카는 젤브레스를 한동안 바라보다 희미하게 웃었다.

"영생이라, 그것도 좋지. 기왕이면 셀리아에게도 먹여서 함께 젊음을 영원히 유지하고 싶군."

"하지만 그를 위해선 당장은 대신관의 말에 따라야 합니다. 약을 끊고 어둠이 되는 것은 언제라도 할 수 있습니다. 당장은 지금 할 수 있는 일에 집중하는 게 어떨까요?"

"그대는 합리적이군. 좋아."

루도카는 품속에서 알약을 꺼내 입안에 던지며 말했다.

"그렇다면 두 번째 길을 선택해야겠군. 대신관의 명에 따라 모든 성물을 파괴하고, 동시에 안티카 왕국을 함락해서 볼모로 왕녀를 받아내는 거다."

"볼모라, 저는 잘 모르겠습니다. 휴전을 위한 정략결혼 같은 겁니까?"

"비슷해. 일종의 약탈혼이라고 할 수 있지."

루도카는 쓴웃음을 지었다.

"전에는 이 방법이 내키지 않았다. 셀리아가 날 증오할 테니까. 하지만 지금은 아무래도 상관없을 것 같군. 중요한 건 오직 결과다."

"뜻대로 하십시오."

"그럼 일단 제국으로 돌아가야겠어. 가서 성물을 파괴했다고 알리고 대신관에게 새로운 약을 받아야지."

루도카는 그렇게 말하며 겔브레스의 옆에 서 있는 스텔라에게 시선을 돌렸다.

"스스라고 했나? 그럼 지금부터 성물을 파괴해라."

하지만 스텔라는 반응하지 않았다.

그녀에게 명령을 내릴 수 있는 것은 오직 겔브레스뿐이었다.

물론 그녀의 뜻은 아니었다. 담당 신관의 세뇌의 결과일 뿐.

그러자 겔브레스가 스텔라를 노려보며 다시 명령했다.

"황자님의 명에 따라라, 스스. 가서 젠투의 성물을 파괴해라. 전에 파괴했던 크로아크의 성물처럼."

"네, 겔브레스 님."

스텔라는 고개를 끄덕이며 단상을 향해 걸어갔다.

루도카는 자신을 스쳐 지나가는 스텔라를 보며 중얼거렸다.

"지구인이라······."

"방금 뭐라 하셨습니까?"

"아니, 별거 아니다."

루도카는 고개를 저으며 어둠의 망토를 진짜 망토와 같은 형상으로 만들었다.

"우리들은 지구로 갈 수 없지. 하지만 어둠의 망토가 있으면 가능하지 않을까?"

"그럴지도 모릅니다. 하지만 무슨 상관이 있겠습니까?"

"상관이 있지. 나는 지구를 좋아했거든. 지금은 그때의 마음이 많이 퇴색됐지만……."

루도카는 무표정한 얼굴로 한숨을 내쉬었다.

"이제는 마음에 끓어오르는 게 거의 없다. 셀리아를 얻어도 이대로일까 두렵군."

"두려움을 느낄 수 있다면 아직은 괜찮은 겁니다."

"그런가?"

루도카는 자조하듯 웃었다.

그사이, 스텔라는 시공간의 주머니 앞에 멈춰 서 있었다.

"젠투의 성물을 파괴하라……."

그녀는 중얼거리며 주머니를 집어 들었다.

주머니는 금속과 같은 재질이었다.

스텔라는 주머니에서 새어 나오는 은은한 빛을 볼 수 있었다.

하지만 레비그라스인에겐 아무것도 보이지 않았다. 스텔라는 주머니를 열고 그 안을 살폈다.

마치 우주와도 같은 깊고 넓은 공간이 펼쳐져 있다.

하지만 그 넓은 공간에 들어 있는 것은 달랑 한 개의 반지뿐이었다.

"회귀의 반지……."

스텔라는 더욱 작은 목소리로 중얼거렸다.

그러자 반지가 서서히 다가와 그녀의 손바닥에 쥐여졌다.

반지라고 하기엔 꽤나 크다.

손가락 두 개는 너끈히 들어갈 만큼.

'하지만 그러면 안 돼. 특히 엄지와 검지를 동시에 끼우면……'

스텔라는 자신도 모르게 기억을 떠올렸다.

그리고 바로 그 순간. 죽은 생선 같던 그녀의 눈에 생기가 돌아왔다.

"……"

그녀는 빛을 보았다.

손에 쥔 반지에서 빛이 퍼지며 그녀의 몸을 감쌌다. 하지만 빛을 볼 수 있는 것은 오직 그녀 혼자뿐이었다.

동시에 그녀의 영혼을 속박하고 있는 저주의 실타래가 조금씩 풀리기 시작했다.

저주.

그것은 세뇌라는 이름의 저주다.

그녀의 기억을 심연의 깊은 곳으로 쑤셔 넣고 오직 복종을 위해 행동하는 또 다른 인격을 덧씌운다.

하지만 빛이 그 인격을 제거했다.

세뇌가 풀렸다.

회귀의 반지는 착용자의 정신과 영혼을 과거로 회귀시킨다.

때문에 '올바른 방식'으로 착용하지 않더라도 일단 손에 쥔 순간 모든 정신과 영혼의 이상을 정상으로 되돌린다.

비정상적인 영혼을 과거로 보내는 건 무의미하기 때문에……

"아……."

그녀는 몸을 떨며 신음 소리를 냈다.

"왜 그러지?"

루도카가 물었다. 스텔라는 자신이 끝없이 반복한 회귀의 여정을 떠올리며 전율했다.

세뇌가 저주라면 기억 역시 저주였다.

이제는 그 시작이 언제였는지도 기억나지 않을 만큼 까마득한 기억의 연쇄.

하지만 스텔라는 모든 것을 알고 있었다. 그녀는 루도카를 돌아보며 나지막한 목소리로 중얼거렸다.

"…루도카. 신성제국의 둘째 황자. 제국이 레비의 대신전에 무조건 휘둘리지 않기 위해 만들어진 '언페이트'의 수장."

"뭐?"

"아니, 수장일 때도 있었고, 그냥 조직원으로 끝날 때도 있었어. 미들 위저드에 오러도 다룰 수 있지만… 평범한 수준이었지. 그런데 지금은… 어째서 그 힘을 가지고 있지? 심연의 힘을?"

그녀는 루도카가 두른 어둠의 망토를 살폈다. 덕분에 무표정하던 루도카의 얼굴에 호기심이 일어났다.

그는 스텔라의 얼굴에 손을 뻗으며 물었다.

"심연의 힘은 보이디아 차원의 힘을 말하는 건가? 그런데 어떻게 그런 걸 알고 있지?"

"전부 봤으니까."

그녀는 짧게 대답하며 한 걸음 뒤로 물러섰다. 그러자 겔브레스가 앞으로 나서며 소리쳤다.

"스스, 당장 성물을 파괴해라!"

"싫어."

스텔라는 고개를 저었다.

"그리고 난 스스가 아니야. 스텔라야. 스칼렛 스텔라."

"…세뇌가 풀렸나?"

겔브레스가 눈살을 찌푸리며 어둠의 망토를 펼쳤다.

"그렇다면 죽여야지. 세뇌가 풀린 지구인은 가장 큰 위험 요소다."

"잠깐, 기다려라."

그러자 루도카가 앞을 가로막으며 웃었다.

"지금 죽일 필요는 없어. 죽이는 거야 언제든 가능하니까."

"황자님?"

"그보다 재밌지 않나? 지금까지 세뇌에서 풀려난 지구인은 한 명도 없었어. 그런데 이 여자는 뭔가 다르다. 성물에 접촉했기 때문일까? 아니면 스스로 세뇌를 풀어낸 건가?"

그러고는 손끝으로 스텔라의 얼굴을 만지기 시작했다.

스텔라는 반항하지 않았다. 대신 주머니 속에 넣은 오른손에 의식을 집중했다.

'이건 회귀의 반지… 지구가 아니라 레비그라스에서 회귀의 반지를 얻은 건 꽤 드문 일이야. 하지만 전례가 없던 건 아니지. 전에는 어떻게 했더라?'

그러자 머릿속에 몇 개의 기억이 떠올랐다.

그냥 회귀의 반지를 끼우고 다시 처음부터 시작한 적도 있었다.

언젠가는 세뇌가 풀리지 않은 척을 하며 연기를 하기도 했다.

하지만 지금은 달랐다.

무엇보다 반지를 획득한 시간대가 너무 빠르다. 그녀는 자신의 육체가 레비그라스로 소환된 지 고작 2년밖에 지나지 않았다는 것을 떠올리며 한숨을 내쉬었다.

'이런 경우는 처음이야. 결정적으로 뭔가 달라졌어. 왜지? 역시 주한을 선택했기 때문일까? 아니면 박 소위나 규호가 반지를 꼈나? 그들이 레비그라스 차원에서 무언가 중대한 일을 벌인 걸까?'

당장은 아무것도 확신할 수 없다.

그리고 루도카.

신성제국의 촉망받는 황자인 그는 언제나 이 모든 일의 조역에 불과했다.

수십수백 번 반복되었던 역사에서 전부 다.

하지만 지금은 달랐다. 황자의 몸을 감싼 어둠의 망토는 레비그라스의 역사를 뒤흔들 만큼 강력한 힘이다.

"원래는 레비그라스에서 젤브레스만 사용했을 텐데……."

그녀는 루도카에게 물었다.

"어째서 당신이 그 힘을 가지고 있지?"

"어째서냐고? 내가 이 힘을 가지고 있는 게 이상한가?"

루도카는 어둠의 망토를 넓게 펼치며 되물었다.

"그야말로 이상한 질문이다. 나는 내 운명을 바꾸기 위해 이 힘을 선택했다. 모든 위험을 감수하고. 하지만 너는 어떻게 이 힘을 알고 있지? 지구에서 온 스텔라? 그야말로 도저히 설명할 수 없는 불가사의가 아닌가?"

"나는 모두 알고 있어."

스텔라는 희미하게 웃으며 대답했다.

"모든 걸 알고 있지만 결국 아무것도 바꾸지 못했어. 하지만 이번에는 뭔가 다른 모양이네."

"황자님, 이 지구인은 위험합니다."

젤브레스가 불길함을 느끼며 다그쳤다.

"지금 죽이는 게 좋겠습니다. 이런 경우는 처음입니다. 무언가 후환이 있을지 모릅니다."

"나도 이런 경우는 처음이야."

스텔라는 주머니 속으로 손을 더 깊이 집어넣으며 말했다.

"대체 뭐가 변했는지 정말 궁금하네. 하지만 아무리 나라 해도… 너무 여유를 부리면 죽을 수도 있겠지. 지금은 일단 살아야겠어."

"죽을 수도 있겠다고? 스스로의 힘을 너무 과신하는 것 아닌가? 지구인, 너는 무슨 짓을 해도 죽음을 피할 수 없다. 내가 그걸 원한다면 말이다."

루도카는 차분한 목소리로 위협했다. 스텔라는 가만히 웃으며 고개를 끄덕였다.

"그야, 싸우면 내가 지겠지."

"당연하다. 너는 지구인들 중에서도 성취가 그리 빠른 편이 아니야."

겔브레스가 끼어들었다. 스텔라는 주머니 속에 팔을 어깨까지 집어넣으며 대답했다.

"맞아. 그리고 지금은 레비그라스에 소환당한 지 2년 차지? 이때까지는 정말 별거 없었어. 앞으로 5년 정도 더 지나면 꽤 쓸 만해질 거야. 하지만⋯ 아무튼 나는 어지간해선 죽게 되진 않더라."

"죽게 되지 않는다?"

"죽을 운명에 휘말리지 않는다고 할까? 그렇게 쉽게 죽을 거였으면 벌써 죽었겠지."

"오⋯ 그거 재밌는 이야기군. 그런데 지금 뭘 하고 있는 건가?"

루도카는 어깨까지 사라진 스텔라의 오른팔을 노려보았다. 스텔라는 웃으며 대답했다.

"이 주머니에는 이런 효과도 있어."

그 순간, 스텔라의 몸 전체가 주머니 속으로 빨려 들어갔다.

우우웅!

동시에 두 남자의 어둠의 기운이 스텔라가 서 있던 자리를 덮쳤다.

쉬이이이익!

엄청난 속도였지만 스텔라가 빨려 들어가는 속도가 더 빨랐다.

그리고 시공간의 주머니는 다시 단상 위로 떨어졌다. 그 누구의 손에도 들려지지 못한 채…….

• 64장 •
깨달음

"이건 대체……."

루도카는 천천히 오므라드는 주머니의 입구를 보며 손을 뻗었다.

하지만 손에 닿는 것은 아무것도 없었다. 황자는 주머니가 놓인 맨땅을 손으로 훑으며 웃었다.

"놀랍군, 대체 성물은 어떤 구조지? 사람 하나를 통째로 빨아들이다니."

"황자님, 이건 중대한 문제입니다."

겔브레스가 주머니를 노려보며 말했다.

"지구인이 없으면 성물을 파괴할 수 없습니다. 이젠 어떻게

합니까?"

"어쩌긴, 지구인을 다시 데려와야지."

루도카는 별거 아니라는 듯 간단하게 말했다.

"지구인은 이 여자만 있는 게 아니다. 바로 대신전에 돌아가서 새로운 지구인을 데려오면 끝날 문제 아닌가?"

"하지만 시간이 걸립니다. 그동안 적들이 다시 올지 모릅니다."

"오라지."

루도카는 무표정하게 웃었다.

"링카르트의 군대 따위, 얼마든지 오라고 해."

"문제는 수용소를 탈출한 지구인입니다. 전에 아르마스의 대신전에서 죽을 뻔했다는 말씀을 드리지 않았습니까?"

"…문주한 말이군."

황자는 눈을 가늘게 뜨며 말했다.

"그리고 보니 삼촌께서도 당하셨지. 길게 이야기를 나누진 못했지만 같은 수법에 당하신 것 같다."

"네. 그자가 사용하는 불의 마법은 상상을 초월합니다."

"어쩌면 이 근처에 숨어서 기회를 노리고 있을지도 모르겠군. 마력이 회복될 때까지 말이야. 좋아, 그럼 그대 혼자서 다녀오게."

루도카는 겔브레스에게 명령했다.

"겔브레스, 지금 바로 신성제국으로 돌아가라. 그리고 대신관에게 상황을 설명하고 새로운 지구인을 데려와라. 알겠나?"

"명에 따르겠습니다. 하지만 아무리 빨라도 닷새는 걸릴 겁니다. 아무리 황자님이라도 혼자서 닷새 동안 이곳을 지키고 계신다는 건……."

"상관없어. 닷새라면 먹을 것도 마실 것도 필요 없으니까."

루도카는 어둠에 감싸인 자신의 몸을 살피며 말했다.

"더 이상 허기나 갈증이 느껴지지 않아. 보이디아 차원에 다녀온 이후로."

"물론 저도 그렇습니다만… 아니, 알겠습니다."

젤브레스는 품속에서 작은 약통을 꺼내며 말을 이었다.

"하지만 이 약은 필요할 겁니다. 황자님께서 가지고 계시다 부족하면 복용하십시오."

"고맙네. 하지만 자네는?"

"저는 대신관에게 새로 받겠습니다."

젤브레스는 마지막으로 알약을 꺼내 입에 넣었다. 그리고 지면에 마법진을 만들며 말했다.

"국경까지는 이걸로 한 번에 돌아갈 수 있습니다. 최대한 빨리 돌아올 테니 조심하십시오."

"내 걱정 말게."

루도카는 고개를 저으며 마법진에 대신 마력을 넣어주었다. 젤브레스는 고개를 숙이며 천천히 사라졌다.

루도카는 다시 몸을 돌려 시공간의 주머니를 내려다보았다.

"스텔라라……."

세뇌에서 풀려난 그녀는 놀라울 만큼 차분하고 여유로웠다.

'보통은 울고불고 난리를 칠 것이다. 대체 어떻게 그럴 수 있을까?'

루도카는 이미 살육을 제외한 대부분의 세상사에 흥미를 잃은 상태였다.

하지만 그 와중에도 스텔라라는 지구인에 대해서는 호기심이 느껴졌다. 그는 단상에 걸터앉으며 음울한 표정으로 웃음소리를 내기 시작했다

*   *   *

"하루 만에 몰라보게 강해졌군."

팔틱은 내 손을 잡으며 오러를 감정했다.

"이 정도면 2단계 소드 익스퍼트 중에서도… 최소한 한 단계는 더 강해졌어. 레벨 말이네."

"네. 레벨 말이죠."

나는 웃으며 고개를 끄덕였다.

"빅 스카를 잡자마자 레벨이 올랐습니다. 한 번에 오러 스텟이 25 이상 오르더군요. 아무리 강하다고 해도 한 마리의 몬스터에 불과한데 말입니다."

"혼자 잡아서 그런 게 아니겠나? 자네라면 드래곤도 잡을

수 있겠군. 나중에 한번 도전해 보게."

팔틱은 농담조로 말했다. 나는 좀 더 진지하게 되물었다.

"드래곤은 어디에 살고 있습니까?"

"자유 진영에는 없어. 신성제국의 영토에 서식지가 있는데 소문만 무성하네. 최근 백 년 사이엔 목격했다는 이야기도 없는 것 같군. 어쩌면 이미 멸종했는지도 모르지."

물론 그럴 리는 없다.

왜냐하면 전생에 직접 군대를 이끌고 상대를 했기 때문이다. 나는 드래곤을 상대로 벌였던 처절한 포격전을 떠올리며 고개를 저었다.

"분명 어딘가에 있을 겁니다. 레비그라스 차원 어딘가에요."

"그럴지도 모르지. 하지만 그렇다고 해서 드래곤을 사냥하겠다고 나서진 말게. 이런 중대한 상황에 말이야."

팔틱은 창문 밖을 바라보며 한숨을 내쉬었다.

우리가 있는 곳은 뱅가드의 74번 구역에 있는 대책 본부다.

빅 스카의 난동으로 내곽 구역에 있는 대부분의 관청 건물이 박살 났기 때문에 별수 없이 외곽 구역에서 가장 큰 호텔 건물 하나를 임시 기지로 사용하고 있었다.

팔틱은 건물 주변에 쫙 깔려 있는 의료용 막사들을 보며 말했다.

"이럴 땐 시간이 원망스럽네. 하필 내 힘이 쇠퇴했을 때 이런 일들이 터지는지… 운명의 신께 물어보고 싶군. 그러고 보니 며칠 후에 운명의 신의 대신전으로 떠난다고?"

"네. 사흘 뒤입니다. 이미 함락됐지만 성물은 파괴되지 않았습니다. 먼저 조사를 하고 만약 적이 남아 있다면 물리쳐야겠죠."

나는 고개를 끄덕이며 말했다.

"그래서 그동안 선생님께 검술을 배우려 합니다. 비록 사흘이지만 많은 것을 배울 수 있을 것 같습니다."

"미리 성과를 단정하는 건가?"

팔틱은 헛웃음을 지으며 말했다.

"그래도 의욕이 생긴 것 같아 다행이네. 하지만 그 빅 스카를 쓰러뜨린 영웅에게 이제 와서 내가 뭘 가르칠 수 있을까?"

"몬스터를 상대하는 것과 인간을 상대하는 것은 전혀 다릅니다."

나는 젠투의 대신전에서 블랑크와 싸웠던 기억을 떠올렸다.

"전에는 검술이란 것 자체를 이해할 수 없었습니다. 하지만 지금은 조금이나마 알 것 같습니다."

"그런가? 그럼 검술이 무엇인 것 같나?"

"예측입니다."

블랑크는 마치 내가 어떻게 움직일지 미리 알고 있다는 듯 먼저 행동했다.

그것은 단지 감이 좋다거나 동체 시력이 빠르다거나 하는 문제가 아니다.

그는 검의 움직임을 통해 명백하게 상대의 움직임을 억제하거나 유도했다. 그래서 마치 미래를 예측하는 것처럼 행동할 수 있던 것이다.

그것이 당장 내가 이해할 수 있는 검술의 정의였다. 팔틱은 눈을 크게 뜨며 의외라는 표정을 지었다.

"뜻밖의 대답이군. 예측이라⋯ 어떻게 검술의 검 자도 모르는 목석이 그런 생각을 하게 되었나?"

"실전을 경험했더니 그렇게 되었습니다."

"실전?"

"젠투의 대신전에서 블랑크와 싸웠습니다."

그것만으로 충분한 설명이 된 듯했다. 팔틱은 신음 소리를 내며 고개를 끄덕였다.

"과연⋯ 블랑크라면 바로 그⋯ 블랑크 말인가? 제국 황제의 동생?"

"네. 바로 그 블랑크입니다."

"그럼 그자와 검으로 붙었다는 건데, 그때 자네는 아직 1단계 소드 익스퍼트 아니었나?"

"그렇습니다."

"그런데 블랑크는 3단계 소드 익스퍼트일 터. 하지만 이기고 살아 돌아왔다는 건가? 허허, 허허허⋯⋯."

팔틱은 신기하다는 듯 웃었다.

그러고는 곧바로 벽에 기대놓은 검을 집어 들었다.

"그럼 당장 시작하는 게 좋겠군."

"여기서 말입니까?"

"그럴 리가. 여긴 너무 좁지. 아무에게도 방해받지 않는 곳으로 가는 게 좋겠어."

나는 고개를 끄덕였다. 팔틱은 의욕이 넘치는지 앞서 방을 나서며 건물을 빠져나갔다.

*　　　*　　　*

우리가 향한 곳은 폐허가 된 내곽 도시였다.

"먼저 말해둘 것이 있네."

팔틱은 텅 빈 교차로의 한복판에 자리를 잡으며 말했다.

"블랑크는 젊은 시절에 만난 적이 있네. 우리 둘 다 3단계 소드 익스퍼트를 달성했을 때였지."

"혹시 겨뤄보셨습니까?"

"두 번 겨뤄봤네. 한 번은 연습이었고, 또 한 번은 실전이었지."

팔틱은 칼을 뽑아 들었다. 나 역시 미리 챙겨놓은 크로니클 사의 양산형 검을 꺼냈다.

"연습 때는 서로 오러를 발동시키지 않고 가볍게 겨뤘네. 하지만 두 번째는 실전이었지. 국경 분쟁의 대리전이었어."

"대리전이 뭡니까?"

"말 그대로 대신 전쟁을 하는 거네."

팔틱은 멀리 하늘을 올려다보며 그리운 표정을 지었다.

"50년 전만 해도 두 세력은 지금보다는 좀 더 말이 통하는 관계였네."

"자유 진영과 신성제국이 말입니까?"

"비교적 말이지. 어차피 전쟁은 소드 익스퍼트들의 싸움이 아닌가? 하지만 그 전에 일반 병사들이 희생되네. 각자가 보유한 힘을 재기 위해서 말이야. 그래서 불필요한 희생을 막기 위해 대리전을 치르기도 했네. 서로 급이 맞는 두 명의 전사가 일대일로 붙고, 승자의 진영이 미리 정해놓은 만큼의 영토를 획득하는 식이었네."

"세련된 방식이군요. 강자의 죽음을 통해 약자를 살리다니."

"무척 명예로운 결투지. 요즘은 제국에서 대신전의 입김이 더 강해져서 그런 식으로 끝나는 경우는 없네만……."

팔틱은 한숨을 내쉬며 고개를 저었다.

"어쨌든 블랑크와 겨룬 대리전이 내 마지막 결투였네."

"승패는 어떻게 되었습니까? 살아계신 걸 보면 이겼을 것 같습니다만 블랑크 역시 멀쩡하게 살아 있었습니다."

"비겼네."

팔틱은 한쪽 어깨를 으쓱였다.

"우리 둘 다 죽기 직전까지 싸웠네. 서로의 오러를 전부 소모할 때까지 가지고 있는 모든 검술과 기술과 비책을 남김없이 동원했네. 그래도 승부가 안 났어. 그래서 난 알 수 있네."

"뭘 말씀입니까?"

"자네가 절대 블랑크를 이길 수 없다는 걸."

팔틱은 칼끝으로 날 가리켰다.

"적어도 며칠 전에는 말이네. 물론 블랑크도 이제 노인이겠지. 하지만 나보다 수십 년은 젊네. 그리고 검술의 경지에 달했지. 자네는 어떻게 그와 검으로 붙어서 살아남았나?"

못 살아남았다.

나는 그의 칼에 두 번이나 죽었다.

하지만 그렇게 대답할 수는 없었다. 대신 가볍게 웃으며 대충 둘러댔다.

"정말 검으로는 도저히 당해낼 수가 없더군요. 기본 스텟 자체는 큰 차이가 없었는데도 말입니다."

"당연하지. 순식간에 목이 달아나지 않은 게 이상할 정도야."

"그래서 결국 마법의 힘을 빌렸습니다."

"마법이라……."

팔틱은 이해할 수 없다는 얼굴로 잠시 고민했다.

"잘 모르겠군. 접근전에서 마법은 큰 도움이 안 될 텐데 말이야. 어쨌든 자네가 살아 있다는 건 그자를 물리쳤다는 말이겠지?"

"죽이진 못했습니다. 살아서 도망쳤죠."

"그것만으로도 훌륭하네. 어쨌든 블랑크와의 전투가 자네의 검술에 대한 개념을 각성시켰나 보군. 그럼 검을 뽑아보게나."

나는 고개를 끄덕이며 검을 뽑았다. 팔틱은 밸런스 소드 클랜의 기본자세를 취하며 칼끝을 까딱였다.

"그럼 먼저 오러는 발동시키지 말고 오러 소드만 전개해 보게."

"오러를 아예 발동시키지 않고 오러 소드를 만들 수 있습니까?"

그러자 팔틱이 눈앞에서 직접 시전했다.

우우우우웅!

'저게 되는구나.'

물론 의미 없는 일이었다. 어차피 싸울 때는 오러를 발동시켜야 하니까.

하지만 그 자체로 신기한 기술이었다. 나는 오러를 몸 전체로 발동시키는 대신, 검을 쥔 오른손에만 집중하며 미세하게 끌어 올렸다.

그렇게 몇 번의 시행착오를 거치자, 나 역시 오러를 발동시키지 않은 상태로 오러 소드를 만들 수 있었다.

"그래. 자네라면 이것도 금방 할 수 있을 거라 생각했네. 그래도 막상 지켜보니 대단하군. 보통은 이것만 몇 달은 따로 연습해야 할 텐데."

팔틱은 고개를 끄덕이며 감탄했다. 나는 칼날에 서린 파란색의 오러를 바라보며 물었다.

"하지만 이렇게 하는 게 무슨 의미가 있습니까?"

"큰 의미는 없네. 그저 오러 소드를 발동시키지 않으면 칼날이 버텨내질 못하니까. 오러를 발동시키지 않고 대련을 하려면 이렇게 하는 수밖에."

"대련이라니, 실전 대련 말입니까?"

나는 팔틱의 능력치를 스캐닝하며 되물었다.

근력: 318(433)

체력: 294(419)

내구력: 151(295)

정신력: 48(51)

항마력: 288(352)

이것이 팔틱의 기본 스텟이다.

근력: 274(375)

체력: 219(382)

내구력: 119(231)

정신력: 42(99)

항마력: 214(514)

그리고 이것이 현재 내 기본 스텟이다.

빅 스카와 싸우고, 스몰 스카들에게 죽을 뻔했던 것이 바로 어제 일이었다. 당장은 회복이 덜 돼서 팔틱보다 모든 면에서 떨어졌다.

나는 생기가 도는 팔틱의 얼굴을 보며 웃었다.

"오늘은 컨디션이 좋으신 모양이군요?"

"비교적 그러네. 물론 자네가 오러와 정령왕의 힘을 동시에 발동시키면 상대도 안 되겠지. 그러니 지금은 순수하게 검으로 겨뤄보세나."

그러고는 곧바로 몸을 날렸다.

'하루 종일 검술 수련을 받을 거라고 생각했는데…….'

나로선 뜻밖이었다.

하지만 당장 진검을 날리는데 상대하지 않을 도리가 없었다. 나는 날아오는 팔틱의 검을 그대로 맞받아치며 생각했다.

'가뜩이나 기본 스텟도 내가 달린다. 평범하게 검으로 겨루면 승산이 없어.'

하지만 그럼에도 팔틱은 나와 검을 겨루고 싶어 한다.

결국 내가 깨달은 바를 직접 보여달라는 이야기다.

우웅!

노인의 칼이 진한 청색의 오러를 머금고는 내 쪽으로 날아왔다.

가뜩이나 오러도 발동시키지 않은 상태다. 방어하지 않으면 단칼에 목이 날아갈 것이다.

선택은 두 가지였다.

피하거나, 혹은 맞받아치거나.

하지만 피하면 다음 동작을 예측하기 어렵다. 무슨 수를 쓰더라도, 지금은 상대의 다음 동작을 내가 원하는 대로 이끌어내야 한다.

그래서 나는 검으로 받아냈다.

파지지지지직!

강렬한 충격과 함께 사방으로 색색의 오러가 불꽃처럼 튀었다.

전 같으면 그저 전력을 다해 맞받아치며 밀어냈을 것이다.

하지만 그래서는 의미가 없다. 나는 밀어내는 대신, 충돌 순간에 칼을 살짝 기울이며 적의 검이 왼편으로 흘러 나가도록 유도했다.

물론 그것만으로는 큰 이득이 없다.

하지만 적어도 적의 공격이 왼쪽으로부터 시작되리란 것만은 확실하다. 팔틱은 흘러 나간 검을 빠르게 수습하며 전광석화처럼 연속적인 찌르기를 날렸다.

나는 자연스럽게 오른쪽으로 몸을 틀며 적의 공격을 피했다.

동시에 수직으로 칼을 내리 그었다. 칼날의 궤도에 상대의 몸이 전부 들어오도록.

이렇게 하면 상대는 둘 중 하나를 선택해야 한다. 몸 전체를 움직여 검의 동선에서 벗어나거나, 아니면 억지로 칼을 틀어 공격을 받아내야 한다.

물론 팔틱은 회피를 선택할 것이다. 그게 좀 더 쉬운 방법이 니까.

그리고 피하는 방향은 날 기준으로 왼쪽이다. 그것이 팔틱에겐 정면이었고, 그의 몸은 찌르기를 날리느라 약간 앞으로 기울어졌으니까.

팔틱은 내 예상대로 그대로 움직였다.

그래서 나는 다시 한 번 우측으로 몸을 틀어 움직이며 상대의 뒤를 잡았다.

찰나의 순간이었지만, 무방비로 드러난 적의 등이 보인다.

하지만 공격은 하지 않았다. 대신 팔틱이 전력으로 몸을 회전하며 검을 휘둘렀다.

마치 사각에서 날아올 검을 받아내려는 듯.

부웅!

하지만 검은 허공을 벨 뿐이었다.

"오!"

팔틱은 탄식했다. 그는 곧바로 뒷걸음을 치며 놀란 눈으로 날 바라보았다.

"이거야!"

그는 곧바로 칼을 거두며 소리쳤다.

"자네는 정말 검을 이해하고 있군!"

"괜찮았습니까? 겨우 첫걸음을 뗀 셈입니다."

나도 검을 거뒀다. 팔틱은 그답지 않게 호들갑을 떨며 고개를 저었다.

"아니, 아니야! 이건 이미 충분히 깊이 들어갔네. 정말 내 눈을 믿지 못하겠군. 어째서 검술의 기초조차 이해하지 못하던 그대가 이런 경지에 도달한 건가?"

하지만 내가 한 거라곤 그저 딱 세 번 생각한 것뿐이다.

아주 조금이라도 좋으니, 상대를 내가 원하는 방향으로 움직이게 만들기 위해서.

"방금 자네는 검은 훌륭했어. 모든 동작에 의미를 부여했지. 그리고 그것들을 하나로 모아 일련된 흐름을 만들어냈네. 그게 바로 검이고, 그게 바로 검술이네."

"하지만 저는 아직 자세나 검식을 배우지 않았습니다만……."

"무슨 소린가, 설마 밸런스 소드 클랜의 검식 말인가? 이런 거?"

팔틱은 당장 눈앞에서 복잡하고 현란한 동작을 선보였다.

"이것들은 모두 과정에 불과하네. 검을 모르는 자가 검이 무엇인지를 깨닫게 하기 위한 도구일 뿐이지. 중요한 건 본질이야. 자네는 검술이 '예측'이라고 했지?"

"네. 당장은요."

"처음엔 상대의 동작을 읽고 예측한다는 건가 생각했네. 하지만 자네가 말한 건 예측이 아니라 확정이야. 확정된 흐름을 만들어 상대의 움직임을 자신의 뜻대로 몰아가는 거지."

"확실히 그렇습니다만……."

나는 방금 전의 대련을 떠올리며 가볍게 웃었다.

"그래봤자 아직은 미세한 수준입니다. 제 뜻대로 움직이게 하는 건 아주 약간에 불과하더군요."

"허어… 그 약간이 전부라네."

팔틱은 탄식했다.

"바로 그 약간을 만들어내는 게 검술의 모든 것이야. 주한, 자네는 전에 그렇게 말했지? 내가 시전하는 검술이 아름답다고. 그게 왜 아름다웠겠나? 사전에 미리 준비되어 있는 동작을 명확한 의도를 가지고 연속적으로 펼치면 그게 바로 아름답게 보이는 거네. 마치 춤과 같은 거지."

"춤이라……."

"하지만 자네는 좀 더 즉흥적으로 흐름을 만들어냈어. 그게 더 높은 경지네. 미리 준비된 검식을 펼쳐서 인위적인 흐름을 만드는 게 아니라, 보다 실전적으로 상황에 맞는 움직임을 연출한 거지. 대단해. 정말 대단하네."

팔틱은 내게 다가와 어깨를 두드리며 칭찬했다.

"물론 내가 보다 심화된 동작을 알려줄 수는 있어. 상황에 맞는 특별한 기술들이 있네. 우리 클랜이 강조하는 '균형'에 맞게 말이야. 하지만 그것도 결국 거창한 겉치레에 불과하네. 세상에… 가장 검술과 거리가 멀던 자네가 내가 본 그 누구보다 가장 빠르게 검술의 핵심에 도달했군. 솔직히 나는 자네가 죽었다 깨어나지 않는 이상 바뀌지 않을 거라고 생각했네."

하지만 나는 정말 죽었다 깨어났다.

정확히는 죽고 나서 5분 전으로 다시 돌아갔다. 덕분에 죽지 않고서는 바뀔 수 없는 개념이 바뀌어 버린 것이다.

'블랑크에게 감사해야겠군……'

신성제국의 왕제는 죽음을 통해서 내게 진정한 검의 정수를 전수해 줬던 것이다.

덕분에 나는 새로운 수련 방법을 떠올렸다. 나는 진지한 표정으로 팔틱을 향해 제안했다.

"선생님, 지금부터 다시 실전 대련을 해주시지 않겠습니까?"

"음? 대련은 이제 됐네. 자네는 더 이상 증명할 필요가 없어. 앞으로 사흘 동안은 내가 알고 있는 밸런스 소드 클랜의 비기를 몽땅 가르쳐 주겠네."

"물론 그것도 기대됩니다만……."

나는 한쪽 어깨를 으쓱이며 쓴웃음을 지었다.

"가능하면 그 모든 걸 제게 직접 사용해 주십시오."

"뭐라고?"

"대련으로, 아니, 실전으로 말입니다. 절 죽일 기세로 공격해 주십시오. 팔 한두 개쯤 날아가도 상관없습니다."

"아, 아니, 난 상관있네."

팔틱은 과격한 제안에 당황했다.

"팔 한두 개라니, 자네는 무슨 팔이 다섯 개쯤 달려 있나?

제국과의 전쟁이 목전인데 죽을 때까지 무리하면 대체 어떻게 하나!"

"저는 죽지 않습니다."

나는 짧은 순간 이야기를 꾸며냈다.

"제가 성물을 가지고 있는 건 선생님도 알고 계시겠죠?"

"성물? 아… 아르마스의 성물 말인가?"

"네. 그리고 성물엔 특별한 힘이 있습니다."

나는 시공간의 주머니를 꺼내, 그 안에 있는 거대한 수정을 살짝 꺼내 보였다.

"그리고 제가 이걸 가지고 있는 이상 어지간해선 죽지 않습니다. 설사 목이 날아가더라도 빠르게 붙이면 그대로 살아납니다."

"그게 정말인가!"

팔틱은 경악했다. 나는 신빙성을 높이기 위해 눈살을 찌푸리며 손가락으로 입을 가렸다.

"목소리를 낮춰주십시오. 이건 중대한 비밀입니다."

"아, 미안하네. 너무 엄청난 이야기라 나도 모르게."

팔틱은 양손으로 입을 막았다. 나는 주변을 가볍게 살핀 다음 수정을 집어넣었다.

"블랑크와의 생사를 건 싸움이 절 이렇게 바꿔놓았습니다. 선생님도 해보고 싶지 않습니까?"

"물론 하고 싶네."

팔틱은 즉시 고개를 끄덕였다.

"그래도 되겠나? 지금처럼 오러나 다른 효과를 발동시키지 않고, 내가 가진 전부를 자네에게 쏟아내도 괜찮은 건가?"

"괜찮은 게 아니라 꼭 그렇게 해주십시오. 그래야 제가 여기서 한 단계 더 성장할 수 있을 테니까요."

"하지만 그러다 자네가 죽거나 어디 상하기라도 하면……."

"말씀드렸다시피 상관 없습니다. 제가 장난으로 이런 이야기를 하겠습니까? 그럼 먼저 제 팔을 잘라서 증명해 보일까요?"

나는 칼날에 왼팔을 가져가 댔다. 팔틱은 즉시 고개를 저으며 말렸다.

"아니! 그럴 필요 없네. 아무리 다시 붙일 수 있다 해도 아프지 않겠나! 그리고 피도 많이 날 테고."

"물론 그렇습니다."

"그럼 됐네. 자네가 이런 일로 농담을 하진 않겠지. 그러면……."

노인은 눈을 감고 잠시 생각하다 말했다.

"알겠네. 내가 140년 평생을 쌓아온 모든 기술을 보여주도록 하지. 하지만 자네도 전력을 기울여야 하네. 그래야 조금이라도 더 오래 전투가 지속될 테니 말이야."

"여부가 있겠습니까?"

나는 한 발 뒤로 물러나며 검을 움켜쥐었다. 팔틱 역시 집어넣은 검을 다시 뽑아 들며 심호흡을 했다.

"기대되는군. 하지만 정말 괜찮은 건가? 정말 팔다리가 잘려도 다시 붙일 수 있는 거겠지?"

"물론입니다."

나는 칼날에 다시 한 번 오러 소드를 전개했다. 팔틱은 마치 춤을 추듯 몇 가지 검식을 전개하며 조금씩 거리를 벌렸다.

그리고 선언했다.

"그럼 조심하게. 내 검은 자네가 눈으로 보는 것보다 빠를 거야."

※　　　※　　　※

정말 빨랐다.

나는 대련이 시작된 지 2분 만에 잘려 나간 오른팔을 내려다보며 말했다.

"방금 그거… 대단하군요. 일부러 칼을 뒤로 당기고, 몸을 앞으로 내밀면서 검로를 상대에게 보여주지 않은 겁니까?"

"맞아. 일종의 기만책이지."

팔틱은 다시 한 번 독특한 자세를 취하며 검을 휘둘렀다.

"이렇게 하면 상대하는 쪽은 검의 '가속도'를 확인하지 못하네. 오직 속도가 가장 빠른 순간만을 목격할 뿐이지."

"정말 빠르게 느껴졌습니다. 착각해서 팔을 거두지 못할 만큼……."

지금 이 순간에도 내 오른팔을 날려 버린 팔틱의 공격이 눈에 선했다.

그것은 놀라운 경험이었다.

물론 대련을 하지 않고 그냥 앞에서 시범만 보여줬더라도 어떤 원리인지는 파악했을 것이다.

하지만 그저 눈으로 파악하는 것과 실전에서 몸 전체로 체험하는 것은 전혀 달랐다. 나는 진심으로 감탄하며 고개를 끄덕였다.

"과연 선생님이십니다. 깊이가 다르군요."

"이것도 흐름이네. 상대를 자신의 흐름에 잡아 가두는 거지. 내가 이 자세를 취한 다음부터 자네는 오직 내가 어느 타이밍에 검을 휘두를지에만 정신이 집중됐어."

"네. 말씀하신 그대로입니다."

"그럼 이미 넘어가 버린 거야. 내가 더 이상 자네의 행동을 원하는 대로 유도하지 않아도 자네 스스로가 흔들리며 먼저 무너져 허점을 보이는 거지."

"과연… 단수가 하나 더 높군요."

나는 또 한 번 감탄했다. 팔틱은 그제야 흥분된 표정을 거두며 눈살을 찌푸렸다.

"그런데… 이제 슬슬 저 팔을 다시 붙여야 하지 않겠나? 피가 너무 많이 나는 것 같은데……."

"아, 그렇죠. 깜빡 잊고 있었습니다."

과다 출혈로 눈앞이 어지럽기 시작했다. 나는 바닥에 떨어진 오른팔을 향해 걸어간 다음, 아직도 그 손에 꽉 쥐어진 칼을 빼 들었다.

팔틱은 어처구니없다는 얼굴로 눈을 깜빡였다.

"아, 아니. 자네 지금 뭐 하는 건가? 칼이 아니라 팔을 들어야……."

"훌륭한 검술이었습니다, 선생님."

나는 고개를 숙이며 팔틱에게 예를 표했다.

그리고 다시 한 번 오러 소드를 전개했다.

"그리고 정말 감사합니다. 덕분에 좀 더 쉽게 돌아갈 수 있겠군요."

나는 다시 한 번 팔틱에게 감사를 표했다.

오러를 온몸에 발동시키지 않고 오직 칼날에만 두른 덕분에, 나는 좀 더 수월하게 5분 전의 세상으로 돌아갈 수 있었다.

아직 내 팔이 잘리지 않은 그때의 그 순간으로…….

*　　　*　　　*

"그럼 조심하게. 내 검은 자네가 눈으로 보는 것보다 빠를 거야."

팔틱은 몸을 앞으로 쭉 내민 기묘한 자세를 취하며 선언했다.

하지만 그것은 이미 경험한 검술이었다. 나는 마지막으로 죽었던 그 순간을 떠올리며 고개를 끄덕였다.

"네. 조심하겠습니다. 팔이 잘려 나가지 않도록 말이죠."

＊　　　＊　　　＊

"대단하군. 정말 대단해."

팔틱은 바닥에 흥건한 피를 보며 탄식했다.

"이건 밸런스 소드 클랜의 직계 제자에게만 전해지는 특별한 자세네. 디셉션 컴뱃(Deception Combat)이라고 하지."

"…이게 그런 이름이었군요."

목의 상처가 너무 깊어 흐르는 피가 멈출 줄은 몰랐다. 나는 급한 대로 옷을 찢어 상처를 막았다.

하지만 이것만으로도 치명상이었다. 내가 너무 태연하게 대처해서인지, 팔틱은 딱히 놀라지 않고 방금 전의 전투를 복기했다.

"이건 상대의 시선으로부터 검로를 막는 기술이네. 그걸로 검의 속도가 빨라지는 구간을 가리고, 속도가 가장 빨라졌을 때만 노출하지. 그래서 실제보다 더 빠르게 느껴지네. 타이밍을 잡기도 힘들고."

"그것도 흐름이죠. 상대를 자신의 흐름에 잡아 가두는……."

나는 첫 번째 죽음 때 팔틱이 했던 말을 그대로 반복했다.

하지만 정작 내게 치명상을 입힌 건 그 독특한 자세가 아니었다.

나는 그 흐름에 휘말리지 않고 거리를 두며 완벽하게 피해 냈다. 그러자 팔틱은 절묘한 타이밍에 검을 휘두름과 동시에 놓아버렸다.

덕분에 내가 예상한 간격은 한순간에 무의미해졌다. 찰나의 순간에 몸 전체를 틀었기에 망정이지, 아니라면 모가지 전체가 잘려 날아갔을 것이다.

팔틱은 자신이 던진 칼을 다시 주워 들며 말했다.

"자네의 반응은 훌륭했네. 처음 보는 기술일 텐데도 그걸 완벽히 이해하고 오히려 자신의 흐름으로 끌어오려 했지."

"확실히… 공격이 아니라 방어나 회피로도 상대의 움직임을 유도할 수 있더군요."

"모든 것을 활용할 수 있지. 심지어 상대에게 끌려가는 것처럼 속이는 것도 훌륭한 방법이네. 덕분에 자네는 내가 손에서 검을 놓는 것을 예상하지 못했지."

"네. 저는 제가 회피하는 흐름으로 선생님을 끌어들이고 있다고 생각했습니다."

하지만 실상은 일부러 끌려주고 있던 것이다. 나는 목에 댄 천이 새빨갛게 물드는 것을 보며 쓴웃음을 지었다.

"훌륭한 검술이었습니다, 선생님."

그리고 팔틱에게 마지막 인사를 건넨 다음, 자신의 심장에 칼을 꽂아 넣었다.

푹!

"엇?"

팔틱은 휘둥그레진 눈으로 한참 동안 날 바라보았다.

"뭐 하는 건가, 자네? 아무리 성물의 힘이 있더라도 그렇게까지 할 필요는……."

"…좋은 것 배우고 돌아갑니다."

나는 의식이 흐려지는 것을 느끼며 눈을 감았다.

하지만 다시 눈을 떴을 때는 더 이상 같은 방법에 당하지 않을 것이다.

'하지만 팔틱에겐 또 다른 기술이 준비되어 있겠지.'

나는 죽기 직전에 웃었다.

과연 남은 목숨이 다하기 전에, 나는 스승의 모든 기술을 받아내고 살아남을 수 있을까?

· 65장 ·
악연

그리고 사흘 동안 나는 팔틱에게 총 열한 번을 죽었다.

정확히는 열한 번의 자살이었다.

하지만 열두 번째부터는 자살을 할 필요가 없게 되었다.

더 이상 나는 상처를 입지 않았다.

아무리 오랜 시간 동안 실전 대련을 해도, 팔틱이 사용하는 모든 수법을 전부 받아낼 수 있게 되었다.

물론 내가 직접 쓸 수도 있을 것이다. 팔이나 다리, 혹은 목이 달아나며 배운 기술들이니…….

* * *

"그러고 보니 아직 사과를 못 드렸군요."

박 소위는 갑자기 고개를 숙이며 사과했다.

"죄송합니다, 준장님. 젠투의 대신전이 함락되었다는 걸 알면서도 일부러 말씀드리지 않았습니다.

"그날 밤에 말이군."

나는 빅 스카를 쓰러뜨리기 전날 밤을 떠올리며 고개를 끄덕였다.

"신경 쓰지 말게. 어차피 그때 알아봤자 내가 할 수 있는 일은 아무것도 없었으니까. 내가 괜히 쓸데없는 일에 고민하지 않도록 일부러 숨겼던 거겠지?"

"그래도 죄송합니다. 누가 뭐라 해도 상관에게 정보를 고의적으로 감췄으니……."

"박 소위, 네 판단은 정확했어."

나는 박 소위의 어깨를 두드리며 고개를 저었다.

"덕분에 나도 빅 스카와의 전투에 집중할 수 있었다. 다시한 번 말하지만 신경 쓰지 마."

그러자 뒤에 서 있던 파비앙 왕자가 끼어들었다.

"회포는 나중에 푸는 게 좋겠군. 셀리아가 기다리고 있으니 그만 움직이도록 하지."

우리가 서 있는 곳은 새로 복구된 장거리 텔레포트 게이트였다. 나는 링카르트 공화국과의 국경 도시에 미리 가 있다는 셀리아 왕녀를 떠올리며 물었다.

"대신전에 도착하면 바로 전투가 벌어질지도 모릅니다. 왕녀님이 같이 가시는 건 위험하지 않겠습니까?"

내가 말한 대신전은 물론 젠투의 대신전이다. 파비앙은 한숨을 내쉬며 고개를 저었다.

"나도 그렇게 말렸지. 하지만 그 아이가 도움이 되고 싶다하니 어쩔 수가 없어."

"물론 왕녀님도 뛰어난 마법사입니다만……"

"대신 루나루나를 붙여줬다. 하지만 주한, 네 생각에 정말아니다 싶으면 미리 그 아이에게 경고를 해라. 내 말은 몰라도네 말이라면 들을지도 모르지."

"…알겠습니다."

그것은 미묘한 뉘앙스였다. 왕자는 잠시 생각하다 게이트를 노려보며 말했다.

"그리고 대신전의 문제가 해결되면 링카르트와 바로 회담에들어가야 한다. 사실 셀리아의 진짜 역할은 그쪽이지. 신성제국의 일차 공격 목표가 링카르트라고 밝혀진 이상… 자유 진영 전체가 링카르트에 군대를 집결시키는 협상을 끝내야 해."

"협상을 하지 않으면 군대를 파견할 수 없습니까?"

"그래. 공식적으론 말이지."

왕자는 귀찮다는 표정으로 고개를 끄덕였다.

"신성제국이 먼저 침략한 이상 자유 진영도 반격을 하지 않을 수 없다. 이미 걷잡을 수 없는 상황이지. 우린 빠르게 피해를 수습하고 제국령 침공 계획을 세워야 해. 그리고 그렇게 되면……."

왕자는 창백한 얼굴에 희미한 미소를 지으며 말했다.

"주한, 너의 목표를 달성할 날도 머지않을 것 같군. 지구인 수용소의 해방 말이다."

＊　　　＊　　　＊

"…누군가 안에 있긴 있습니다."

링카르트 공화국의 기사가 치를 떨며 말했다.

"지난 며칠 동안 대신전 주변을 정찰했습니다. 어제는 목숨을 걸고 신전 근처까지 접근했는데… 누가 웃고 있더군요. 그래서 곧바로 도망쳤습니다."

우리가 있는 곳은 멀리 젠투의 대신전이 올려다 보이는 언덕 아래였다. 나는 뒤쪽에 서 있는 셀리아 왕녀를 돌아보며 말했다.

"여기부터는 저 혼자 가는 게 좋겠습니다. 왕녀님은 그만 켈리런으로 돌아가시는 게 어떻겠습니까?"

켈리런은 자유 진영의 대표들이 모여 회의를 여는 링카르트의 도시다. 하지만 셀리아는 고개를 저으며 거절했다.

"무슨 말씀이신가요? 여기까지 왔는데 저도 함께 싸우겠습니다."

"적들은 링카르트의 정예군 3천을 순식간에 몰살시킨 괴물입니다. 생존자의 증언에 따르면 그중에 겔브레스가 있는 건 확실합니다."

하지만 제아무리 겔브레스라도 혼자서 그 모든 군대를 해치웠을 리 없다.

그렇다면 함께 목격된 또 다른 남자도 분명 겔브레스 못지않은 힘을 가진 존재일 것이다.

하지만 생존자가 너무 적고 목격 정보는 불확실했다. 살아서 도망친 병사들은 공통적으로 '어둠의 망토'로 추정되는 힘에 당했다고 말할 뿐, 또 다른 누군가가 어떤 힘을 사용했는지는 전혀 알지 못했다.

'블랑크가 힘을 회복하고 바로 합류한 걸까? 겔브레스와 블랑크라면 단둘이서 링카르트의 군대를 쓸어버릴 수 있을지도 모르지만… 그래도 석연치가 않아.'

누가 뭐래도 블랑크는 신성제국 황제의 동생이다.

그 정도 지위에 있는 자가 부하들의 호위도 없이 적진의 한가운데 고립을 자처하며 버티고 있을 리가 없는 것이다.

이미 신성제국의 패잔병은 국경을 빠져나가 본국으로 도주했다. 다른 곳에 투입된 군대도 자유 진영과의 전투를 최대한 피하며 전선을 고착화시키고 있다고 한다.

"부끄러운 일입니다만… 링카르트는 당분간 이쪽으로 지원군을 보내지 못합니다."

기사는 괴로운 표정으로 입을 열었다.

"그러니 지금은 일단 물러나는 게 어떻겠습니까? 적은 3단계 소드 익스퍼트… 아니, 그 이상의 괴물입니다. 도와주러 오신 것은 감사하나, 지금은 훗날을 기약하는 게 좋을 것 같습니다."

"괴물이라면 저희들도 지금까지 퇴치하다 왔답니다."

셀리아는 가슴을 쭉 펴며 당당하게 말했다.

"그러니 이번에도 할 수 있을 거예요. 걱정 말고 맡겨주세요."

"하지만 당신은 바로 그 셀리아 왕녀님이 아니십니까? 당신 같은 분이 이런 곳에서 죽거나 다치시기라도 한다면……."

링카르트에서도 셀리아의 외교적 명성은 여전했다. 그러자 옆을 지키고 있던 루니아가 선언하듯 말했다.

"제가 왕녀님을 경호하겠습니다."

"맞아요. 루니아가 절 지켜준다면……."

"대신 전투에 적극적으로 개입하진 못합니다. 그 점을 미리 염두에 두시길 바랍니다."

"어… 루나루나, 지금 혹시 비꼬아서 하시는 말씀인가요?"

좋아하던 셀리아가 희미하게 눈살을 찌푸렸다. 루니아는 당연하다는 듯 고개를 끄덕였다.

"네, 왕녀님. 비꼬고 있습니다. 왕녀님이 이런 곳에 계시면 주한 님의 전투에 도움이 되지 못합니다."

"루나루나……."

"그리고 부탁이니 그냥 루니아라고 불러주십시오. 왕녀님까지 왕자님의 못된 습관을 따라 하실 필요는 없지 않습니까?"

"왜요. 루나루나가 더 친근하지 않나요?"

셀리아는 시치미를 떼며 미소를 지었다. 루니아는 무표정한 얼굴로 한숨을 쉬며 고개를 저었다.

"그렇지 않습니다. 아무튼 왕녀님이 계신 이상, 저는 주한 님을 도울 수 없습니다."

"그건 너무하네요. 그럴 바엔 차라리 제가 뒤로 빠지고, 루나루나가 주한 님을 도와 싸우는 게 훨씬 이득이라는 말씀인가요?"

"네, 그렇습니다."

루니아는 거침없이 대답했다.

"왕녀님은 전투를 경험한 적이 없으십니다. 그리고 오러를 다루는 전사도 아닙니다. 아무리 하이 위저드라도 순식간에 목이 달아날지 모릅니다."

"저도 알아요. 마법사와 전사가 같은 급이면 무조건 전사가 유리하다는 것쯤은."

셀리아는 답답하다는 얼굴로 변명했다.

"하지만 상대는 소드 익스퍼트가 아니잖아요? 겔브레스는 마법사예요. 굳이 분류하자면 저주술사구요. 그리고 주한 님은 오러보다 오히려 마법 쪽이 잘 통하는 것 같다고 하지 않으셨나요?"

"하지만 확인된 건 화염 마법뿐입니다."

그사이, 나는 발동시킨 맵온을 한참 동안 지켜보고 있었다.

"그에 비해 왕녀님은 화염 계열의 마법을 쓸 수 없으시죠. 지금은 가급적 먼 곳으로 물러나 주시는 게 좋을 것 같습니다."

"주한 님도 루나루나와 같은 편이군요."

셀리아는 볼을 부풀리며 불만을 표시했다.

"하지만 루나루나의 말은 틀려요. 저도 전투를 경험했답니다. 안티카 왕국의 전역에 출몰한 적을 쓰러뜨리는 데 큰 역할을 담당했죠. 그렇지 않나요?"

"상대는 인간이 아니라 몬스터였습니다. 왕녀님의 목에 걸린 가치를 모르는 멍청한 몬스터 말입니다."

루니아는 자유 진영에서 셀리아가 가진 가치를 어필했다. 그리고 내 쪽을 보며 물었다.

"그런데 주한 님? 좀 전부터 분위기가 다릅니다. 뭔가 문제라도 있습니까?"

과연 눈치가 빠른 여자였다. 나는 맵온의 지도를 축소하거나 확대하며 고개를 저었다.

"큰 문제는 없습니다. 그냥 뭔가 이상해서요."

"뭐가 말입니까?"

"저 대신전 안에는 아무도 없습니다."

맵온에는 대신전을 중심으로, 사방 1km에 표시된 붉은 점이 단 네 개였다.

나, 셀리아, 루니아, 그리고 링카르트의 기사.

당연히 우리 넷은 한 지점에 뭉쳐서 표시되고 있다.

하지만 눈앞에 보이는 대신전에는 아무것도 없었다. 나는 기사를 돌아보며 다시 한 번 확인했다.

"정말 어제까지는 적들이 대신전에 있었습니까?"

"네, 확실합니다. 말씀드렸다시피 웃음소리를 들었습니다. 물론 얼굴을 직접 본 건 아닙니다만… 절대 환청 같은 건 아니었습니다."

기사는 자신의 청력을 확신했다. 덕분에 나는 스스로에 대한 불확신으로 고민해야 했다.

'그렇다고 맵온이 고장 났을 리는 없는데… 설마 그 사이에 적들이 대신전 밖으로 나와 다른 곳으로 이동한 걸까?'

나는 다시 한 번 맵온에서 대신전을 확대했다.

젠투의 대신전 ─ 레비그라스의 5대 신 중 하나인 운명의 신, 젠투의 성물을 모신 대신전, 링카르트 공화국에 위치하고 있다. 주변에 숙박 시설이 없기 때문에 여행이나 방문에는 주의가 필요하다.

그것은 지도 제작자들이 만들어 넣은 설명이다. 나는 마음속으로 다시 한 번 '인간'이라고 말하며 지도에서 대신전을 바라보았다.

하지만 표시되는 것은 아무것도 없었다.

0

그곳엔 단 한 명의 인간도 없다.

그렇다면 더 이상 지체할 필요가 없다. 나는 앞으로 걸음을 옮기며 여자들을 돌아보았다.

"제 생각에는 적들이 이미 대신전을 비운 것 같습니다. 하지만 확실하지 않으니 두 분 모두 여기 계십시오. 확인만 하고 바로 돌아오겠습니다."

"네? 하지만……."

셀리아는 당황한 얼굴로 내 뒤쪽을 가리켰다.

"저기 누가 내려오는데요?"

"네?"

나는 황급히 뒤를 돌아봤다.

그사이, 정말로 누군가 대신전을 나와 언덕을 내려오고 있었다.

거리가 멀어서 자세히 보이진 않았지만, 확실히 인간의 형상을 갖추고 있었다.

'뭐지? 왜 인간이 있는데 맵온에 표시가 안 되는 거야!'

정말로 고장이라도 난 걸까? 나는 일단 칼을 뽑아 들며 경고했다.

"모두 뒤로 물러나 주십시오. 루니아, 왕녀님을 부탁드립니다."

"이쪽은 신경 쓰지 마십시오."

루니아는 왕녀의 팔을 잡고 즉각 뒤로 물러났다. 그러자 링카르트의 기사가 이를 갈며 적을 노려보았다.

"저는 함께 싸우겠습니다. 죽은 전우들의 원수를 갚아야 합니다."

"…이름이 브루인이라 하셨죠?"

"네. 링카르트 수도방위군 소속의 브루인 중령입니다."

링카르트의 계급 체계는 지구를 닮아 있었다. 나는 브루인의 몸에서 솟구치는 녹색 오러를 바라보며 고개를 저었다.

"브루인, 당장은 뒤로 물러나 주십시오."

"네? 하지만……."

"그리고 지켜보십시오. 우리가 어떻게 싸우는지. 그리고 뭔가 해볼 만하다고 느껴지면 그때 도와주세요."

나는 오러를 발동시키며 경고했다. 브루인은 침을 삼키며 고개를 끄덕였다.

나는 그제야 눈앞에 나타난 적에 완전히 집중할 수 있었다.

붉은 머리카락의 젊은 남자.

피부는 회색에 가까울 정도로 창백하다. 창백하기로 따지면 파비앙 왕자도 만만치 않지만, 눈앞에 있는 남자처럼 비현실적인 느낌은 아니었다.

마치 시체처럼 핏기가 죽어 있다.

그리고 불길한 검은 기운이 망토처럼 몸을 덮고 있다.

어둠의 망토.

하지만 남자는 겔브레스가 아니었다.

"루도카······."

나는 나지막한 목소리로 중얼거렸다.

신성제국의 둘째 황자인 바로 그 루도카다. 사막의 노예 수용소를 탈출할 때 본 이후로 처음이었다.

"아니··· 이게 누구지?"

루도카는 내 앞으로 20여 미터까지 다가온 다음 걸음을 멈췄다.

"오랜만이군, 정령사 레너드. 아니, 지금은 문주한이라고 불리던가?"

"···루도카 황자님."

"그동안 별고 없었나? 사실 나는 그동안 널 만나고 싶었다. 매우 간절히 말이야."

하지만 간절한 것치고는 목소리에 감정이 전혀 안 느껴진다. 루도카는 말 그대로 죽은 생선 같은 눈으로 날 노려보았다.

"네가 내 운명을 말해준 이후로··· 나는 정말 끊임없이 노력했다. 내 자신을 믿고, 내 운명을 믿고 말이야. 하지만 성과는 거의 없었고··· 그러던 차에 새로운 기회가 찾아왔다.

루도카는 몸을 감싼 어둠의 기운을 천천히 넓히며 말을 이었다.

"어떤가? 정령사여. 네가 말했던 내 운명이 바로 이것인가? 나는 결국 보이디아 차원의 힘을 얻을 운명이었던 건가? 내가 원하는 그것을 가지기 위해서?"

"……."

"하지만 그게 무슨 소용이지? 지금의 나는 원하는 게 없다. 그전의 내가 원하던 그 모든 게 무의미해. 이 힘이 모든 욕망을 빨아들여 버렸다. 인간으로서 원하던… 이제 와서 내가 그녀를 손에 넣는다고 행복해질까? 말해봐라, 정령사여. 그대는 우리가 언젠가……."

그 순간, 루도카가 말을 끊었다.

그러고는 내 어깨 너머 멀리를 바라보았다.

'셀리아 왕녀!'

나는 그제야 아차 하며 정신을 가다듬었다.

'루도카가 원하던 것이 바로 셀리아였지! 그런데 지금 바로 여기 셀리아가 있어! 이걸 대체 뭐라고 설명해야 하지?'

물론 일부러 설명할 필요는 없다.

어째서 루도카가 겔브레스처럼 저 보이디아 차원의 힘을 얻었는지는 모른다.

하지만 그가 이곳에 있던 수천의 링카르트 군을 학살한 적이라는 것은 확실하다. 나는 먼저 그의 능력치를 스캐닝했다.

그리고 경악했다.

이름: 페샹 루도카 크루이거

레벨: 39

종족: 공허 합성체(하급)

기본 능력

근력: 217(288)

체력: 203(307)

내구력: 793(217)

정신력: 21(29)

항마력: 521(611)

특수 능력

오러: 147(147)

마력: 352(352)

신성: 138(138)

저주: 513(881)

각인: 언어(중급), 맵온(중급), 감정(중급)

마법: 화염(총13종류), 바람(총6종류), 신성(총4종류), 저주(총 13종류)

오러: 오러 소드(하급), 오러 실드(하급)

마법 효과: 어둠의 망토

'공허 합성체?'

당장 인간조차 아니었다. 나는 루도카의 종족명에 의식을 집중했다.

[공허 합성체(하급) — 보이디아 차원에 존재하는 공허의 힘을 일정량 이상 받아들인 자의 말로. 아직 급이 낮아 본래의 형태나 의식을 유지하고 있다. 빠른 시일 내에 중급으로 진화한다.]

그때, 루도카가 말했다.

"…그렇군. 날 위해 셀리아 왕녀를 데리고 와준 건가? 내가 여기 있다는 소식을 듣고?"

"……."

"역시 너는 날 위해 행동하고 있었군. 그날 이후 많은 것을 돌아보고 의심했다. 하지만 결코 정령사인 네 말은 의심하지 않았어. 하지만……."

루도카는 우울한 표정으로 셀리아를 응시했다.

"안타깝군, 문주한. 그대가 말한 운명은 내가 생각했던 것과 달랐던 모양이야. 셀리아 왕녀를… 이렇게 직접 보는데도 나는 끓어오르는 게 거의 없다. 지금 나는 그저… 살육이 필요해."

"살육이라니?"

나는 반사적으로 되물었다. 루도카는 양팔을 펼치며 자연스럽게 대답했다.

"인간을 죽이고 싶다. 그러면 마음이 편해져. 보이디아 차원에 다녀온 이후로 계속 이렇다. 약을 먹으면 조금 나아지지만… 그래, 지금은 약도 다 떨어졌군. 젤브레스가 빨리 오지 않으면 이대로 어떻게 될지……."

그 순간, 루도카의 눈이 검은빛을 번뜩였다.

그것이 내게 공포를 일으켰다.

그것은 본능적인 공포였다. 마치 태어나기 전부터 유전자에 각인된 공포처럼, 등줄기에 소름이 돋으며 몸이 굳어버렸다.

나는 몸을 살짝 틀며 뒤쪽을 향해 소리쳤다.

"지금 당장 도망쳐! 최대한 멀리!"

"…뭐라고?"

가장 먼저 반응한 것은 루도카였다.

"왜 그러나, 문주한? 네가 들은 정령의 예지를 이루기 위해 왕녀를 내게 데려온 게 아닌가?"

정작 여자들은 경직되어 있었다. 나는 목청 높여 다시 소리쳤다.

"어서! 빨리! 루니아! 대체 뭐 하고 있습니까!"

그러자 루니아가 움찔하며 몸을 떨었다.

반면 루도카는 분노했다.

"아니었군."

"루도카 황자……."

"그게 아니었어. 설마 했는데, 아… 그랬던 건가? 사실 너는 왕녀를 독차지하기 위해 내게 거짓을 고한 건가? 날 허황된 꿈으로 몰아넣고, 그사이 정령의 힘으로 왕녀를 유혹한 건가?"

나는 입술을 깨물었다.

물론 정령의 힘으로 왕녀를 유혹한 적은 없다.

하지만 거짓말로 루도카를 속여 그에게 잘못된 희망을 심어준 것은 사실이다.

그래서 변명을 할 수가 없었다.

물론 말을 지어내는 건 어렵지 않다.

하지만 그 어떤 변명도 의미는 없을 것이다. 이미 부정(否定)으로 꽉 찬 루도카의 귀에는 아무것도 들리지 않을 테니까.

"정령사가 날 속였어……"

루도카는 낮은 목소리로 흐느꼈다.

"그래. 그 모든 게 거짓이었던 거다. 인간… 모든 인간이 다 그렇지. 하하, 하하하……"

그리고 흐느낌은 웃음으로 변했다. 나는 전례 없는 불길함을 느끼며 천천히 뒷걸음쳤다.

그 순간, 루도카의 몸에서 검은 기운이 폭발했다.

쉬이이이이이익!

동시에 엄청난 기세로 폭풍이 불며 사방에 소용돌이치기 시작했다.

나는 곧바로 50미터 이상 물러났다.

'일단 도망칠까?'

내 모든 신경이 발작하듯 전율하며 회피를 요구하고 있다.

여기서 벗어나야 한다.

하지만 그럴 수는 없다. '저것'을 여기 그대로 놔두면, 나중에 더 큰 후환으로 돌아올 것이 뻔했으니까.

그리고 잠시 후, 검은 폭풍이 걷히며 루도카가 모습을 드러냈다.

*   *   *

그것은 이미 루도카가 아니었다.

어둠의 망토가 몸을 덮고 있는 인간이 아니라, 그냥 어둠의 망토 그 자체가 되었다.

얼핏 보면 검은 보자기를 뒤집어쓴 유령처럼 보이기도 한다.

다만 그 크기가 20미터가 넘지만.

'빅 스카보다도 큰데……'

나는 치를 떨며 본능적으로 치던 뒷걸음을 멈췄다.

문제는 크기가 아니었다. 나는 다시 한 번 그것을 스캐닝했다.

이름: 루도카

종족: 공허 합성체(중급)

레벨: 49

특징: 보이디아 차원의 몬스터. 생명을 가진 모든 것을 증오하고, 파괴하려 한다.

거기까지 읽은 순간, 루도카의 몸에서 무언가 빠르게 날아왔다.

'촉수!'

나는 기겁을 하며 몸을 날렸다.

콰과과과광!

엄청난 기세로 지면에 박힌 촉수가 연기처럼 흩어지며 루도카의 몸으로 돌아간다.

'이미 스캐닝부터 몬스터 취급이군.'

스캐닝에 '특징'이 표시되는 건 몬스터란 이야기다. 나는 좀더 거리를 벌리며 멀리 떨어진 적을 응시했다.

물론 이 정도 거리는 아무것도 아니다. 방금 날아온 촉수도 한 번에 50미터 이상 늘어났으니까.

동시에 루도카의 본체로부터 다섯 개의 촉수가 동시에 날아왔다.

나는 급하게 노바로스의 강화를 발동시키며 눈앞에 날아든 촉수를 피했다.

쉬이이익!

스쳐가는 촉수의 기세가 엄청나다. 나는 회피와 동시에 촉수의 측면을 칼로 베어 날렸다.

파직!

칼날에 만든 오러 소드가 급격히 반응하며 소멸했다.

'반응이 이상해!'

동시에 지면을 박차며 측면으로 몸을 날렸다.

쉬익!

쉬이이익!

아슬아슬하게 두 개의 촉수를 피하자, 곧바로 다른 두 개의 촉수가 공중에서 휘어지며 위에서 아래로 내려쩍었다.

내가 몸을 피할 예정인 바로 그 공간으로.

'망할!'

나는 급한 대로 오러 실드를 전개해 그것을 막아냈다.

파지지지지지지직!

충돌 순간, 실드가 단숨에 박살 나며 사방으로 흩어졌다.

동시에 엄청난 충격이 몸을 짓눌렀다.

푸확!

순식간에 하반신 전체가 땅속으로 처박혔다. 나는 비어 있는 왼손으로 지면을 박차며 몸을 뽑아냈다.

그러자 기다렸다는 듯, 새로 튀어나온 열 개의 촉수가 사방에서 날아들었다.

마치 펼친 그물을 오므리듯.

'이건 위험해!'

하지만 피할 수도 없다. 나는 급한 대로 몸을 웅크리며 양 팔에 두 개의 오러 실드를 전개했다.

하지만 실수였다.

콰지지지지지지직!

전, 후, 좌, 우, 상.

그 밖에 모든 방향에서 한 번에 내려찍은 촉수의 힘은 엄청 났다.

"컥……."

난 신음 소리를 내며 천천히 가라앉았다.

이 한 방에 가지고 있는 오러의 절반 이상이 소멸했다.

그리고 온몸의 뼈에 실금이 간 듯한 충격이 느껴졌다. 2단 계 소드 익스퍼트가 오러까지 발동시켰는데도 소용이 없었다.

'이건 방어하는 것 자체가 손해다. 최소한 노바로스의 방벽 이 아닌 이상……'

나는 이를 악물며 비틀거리는 몸을 바로 잡았다.

하지만 충격이 엄청났다. 지금 바로 적이 재차 공격을 해오 면 피하는 게 쉽지 않을 것이다.

하지만 루도카는 더 이상 공격하지 않았다.

대신 기묘한 소리를 내며 거대한 몸을 떨기 시작했다.

구우우우우우우우우…….

그것은 마치 불길한 뱃고동 소리처럼 들렸다.

물론 뱃고동 소리가 그 자체만으로 불길할 리는 없다.

하지만 내겐 그렇게 들렸다.

그리고 박 소위나 규호처럼 인류의 최후를 지켜봤던 생존자들 역시 나와 똑같이 느낄 것이다.

마지막 인류 저항군에 쐐기를 박고, 인류 전체를 회복할 수 없는 곳으로 몰아넣은 마지막 귀환자.

바로 그 귀환자들이 저런 소리를 냈기 때문이다.

"아……."

나는 루도카를 노려보며 탄식했다.

거대한 어둠의 망토.

그 자체가 되어버린 루도카의 몸에서 검은 기운이 퍼져 나왔다.

마치 안개처럼.

그것은 전생의 내게 너무도 익숙한 광경이었다. 지구로 돌아온 우주 괴수들이 똑같은 행동을 했기 때문이다.

바로 저들이 내뿜은 검은 기운이 지구의 하늘과 공기를 검게 물들여 태양을 가려 버렸다.

"우주의 매연통이라니……."

나는 전율했다.

우주 괴수.

저게 바로 인류를 끝장내 버린 우주 괴수다.

그리고 루도카는, 대체 어디서 소리를 내는지도 모르지만 아무튼 목소리를 내기 시작했다.

"나는 우주의 공허를 지배하는 절대이며, 허무의 주관자다."

온 사방이 녀석의 목소리로 인해 뒤흔들렸다.

적어도 내 주변은 그랬다. 그러자 본능이 내게 다시 한 번 경고했다.

'도망쳐.'

도망쳐야 살 수 있다.

적어도 전생의 나는 그렇게 도망쳐서 목숨을 구했다.

2041년까지.

하지만 그렇게 도망친 끝에 도달한 것은 또 다른 도피였다.

회귀라는 이름의 희망으로 포장한 현실 도피.

물론 덕분에 또 다른 현실을 살게 되었다.

하지만 전생의 현실은 영영 사라지고 말았다.

'그런데도 또다시 도망칠 건가? 도망쳐서 어쩌게? 어떻게든 목숨을 부지해서 회귀의 반지를 찾아… 다시 처음부터 시작할 건가?'

갑자기 웃음이 나왔다.

대체 무엇을 위해 다시 시작한단 말인가?

또다시 저 우주 괴수를 만나 공포에 떨며 좌절하고, 다시 목숨을 부지해 과거로 회귀하기 위해서?

"그런 건 한 번이면 충분해……."

나는 중얼거리며 심호흡을 했다.

그러자 더 이상 두렵지 않았다.

영혼에 각인된 공포?

처음부터 그런 건 없었다.

왜냐하면 전생의 문주한은 이미 너무도 많은 공포를 느껴 공포 자체에 무감각해졌기 때문이다.

그때 루도카가 말했다.

"나는 레비그라스의 인간이었던 페샹 루도카 크루이거다. 지금부터 이곳에 있는 모든 지성체의 멸종 작업에 돌입한다. 그 후엔 행성에 존재하는 모든 생물에 대한 정화 작업을 시작한다."

그리고 다시 내 쪽으로 십여 개의 촉수를 뻗었다.

쉬이이이이이이익!

하지만 이번에는 나도 대비하고 있었다. 촉수가 뻗어 나오려는 순간부터 미리 시계 방향으로 달리며 빗나감을 유도했다.

촉수의 끝이 나 대신 지면을 때리는 순간, 마치 지진이라도 난 듯한 충격이 퍼졌다.

콰앙!

콰아아아아아앙!

콰과과과과과광!

중요한 건 사방에서 쏟아지는 일제 공격을 피하는 것이다.

그리고 거리를 좁혀 녀석의 본체에 직접 공격을 감행한다.

'생각해라, 문주한. 우주 괴수라 해도 무적은 아니었어. 몇 마리는 소드 마스터들이 해치우기도 했잖아?'

나는 쏟아지는 촉수들을 아슬아슬하게 피하며 전생의 기

억을 떠올렸다.

하지만 소드 마스터들의 전투법은 실제로 도움이 되지 않았다.

당시에 우주 괴수는 100미터가 넘는 거대 괴물이었고, 소드 마스터는 그런 괴물을 상대로 하늘을 날며 싸웠다.

일단 비행이 가능해야 한다.

하지만 나는 지면에 발을 붙이고 싸울 수밖에 없다. 결국 나는 내 방식대로 싸울 수밖에 없는 것이다.

개척해야 한다.

물론 죽을 만큼 위험할 것이다.

하지만 상관없다. 내겐 다섯 개의 목숨이 있으니까…….

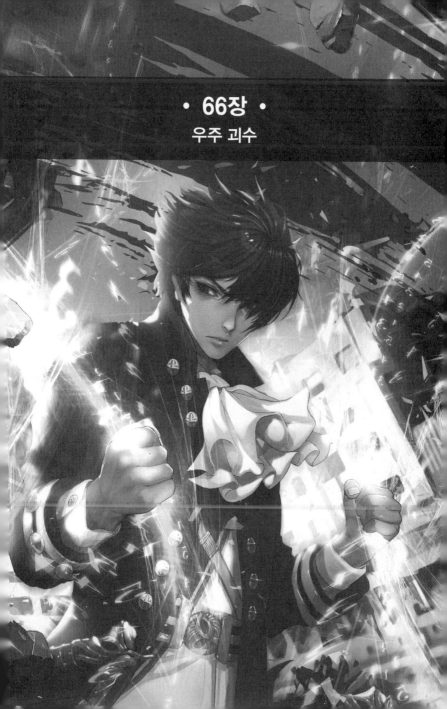

• 66장 •
우주 괴수

"자네는 죽일 기세로 공격해 달라 했네만……"

우주 괴수로 변한 루도카의 촉수 공격을 피하며, 나는 불현
듯 팔틱과의 대화를 떠올렸다.

"결국 자네의 털끝 하나 다치게 하지 못했군. 이걸로 끝이네.
내가 가진 모든 검술, 아니, 모든 기술과 심계를 쏟아내도 소용이
없었군. 허허, 허허허……."

팔틱은 감탄과 경악을 넘어, 체념한 얼굴로 웃었다.

하지만 그것은 사흘에 걸쳐 무려 열한 번의 죽음을 통해 얻어낸 성과였다.

수련 첫날, 총 네 번을 죽은 나는 일단 수련 자체를 없던 것으로 돌렸다.

수련 둘째 날, 마찬가지로 총 네 번을 죽은 나는 팔틱에게 수련을 중단하고 내일 계속 이어서 할 것을 부탁했다.

그리고 수련 마지막 날, 나는 세 번의 죽음 끝에 결국 다치지 않고 대련을 끝낼 수 있게 되었다.

팔틱으로선 기가 찰 노릇이었을 것이다.

실제로 그가 나와 겨룬 것은 딱 두 번뿐이었다. 둘째 날에 고작 1분 정도 간만 보았고, 마지막 날에 10여 분 동안 공세를 퍼부었을 뿐이다.

하지만 그사이, 나는 총 열한 번의 죽음을 맞이하며 그가 가진 모든 기술을 몸으로 습득했다.

"자네는 오늘 내가 보여준 모든 기술을 마치 미리 알고 있다는 듯이 대처했네. 허허… 세상에 어찌 이런 일이 있을 수 있나? 나는 왜 그동안 자네의 이런 재능을 보지 못하고 있었단 말인가?"

팔틱은 탄식하고 또 탄식했다.

하지만 그에게 진실을 말할 수는 없었다. 나는 그에게 체험한 모든 기술을 복습하며 수련 마지막 날을 보냈다.

그 순간, 뻗어오던 적의 촉수가 갑자기 지면을 파고들었다.

콰과과과과과광!

곧바로 지면이 울퉁불퉁하게 솟아올랐다. 동시에 다른 세 개의 촉수가 정면의 세 방향으로부터 날아왔다.

이건 명백한 함정이다.

마지막 인류 저항군이었던 나는 기회가 생길 때마다 우주 괴수에 대해 연구했다.

물론 답을 찾아내진 못했다.

하지만 우주 괴수와 소드 마스터의 전투를 멀리서 관찰하며, 녀석들이 어떤 식으로 전투를 벌이는지에 대한 데이터를 수집했다.

'그때는 아무 소용 없는 짓이라고 생각했지…….'

나는 속으로 웃었다.

그리고 뒤로 피하는 대신, 오히려 지면을 박차며 앞으로 나섰다.

그렇게 하면 날아오는 세 개의 촉수 중에 하나만 집중해서 피할 수 있다. 내가 목표로 노린 것은 가운데 촉수였다.

쉬이이이이이익!

두께가 1미터에 달하는 촉수가 내 상체를 박살 낼 듯 육박해 온다.

하지만 피할 수 있다.

과거의 데이터에 따르면, 우주 괴수의 촉수 공격은 목표와

충돌하기 직전엔 특유의 유연한 변화를 일으키지 않는다.

나는 전력으로 몸을 비틀며 직격을 피해냈다.

파지지지지지직!

촉수의 측면이 가슴팍에 스치며 오러와 반응했다.

동시에 다른 두 개의 촉수와 함께, 약 0.5초 전에 내가 서 있던 지면을 내려찍었다.

콰과과과과과과과광!

그와 동시에 더 뒤쪽에서 무언가 솟구치는 소리가 들렸다.

푸확!

그것은 미리 두더지처럼 땅을 파던 촉수가 지상으로 튀어 나오는 소리였다.

안 봐도 뻔했다. 녀석은 내가 뒤로 몸을 뺐을, 바로 그 장소를 노려 튀어나왔을 것이다.

그리고 네 개의 촉수가 한 번에 소멸했다.

우주 괴수는 공격한 촉수를 다시 회수하지 않는다. 대신 안개 같은 검은 기운으로 소멸시킨 다음, 공기 중에 흩어진 기운을 천천히 다시 빨아들인다.

적을 쓰러뜨리고 난 후에.

'하지만 이걸로 끝이 아니지.'

그 순간, 적의 몸에서 날카로운 검은 기운이 일제히 쏟아졌다.

날 향해.

규호는 전생에 저것을 '바늘 천 개'라고 불렀다.

실제로 우주 괴수의 거대한 덩치와 비교하면, 이 정도는 가느다란 바늘과 같은 사이즈일 것이다.

물론 인간의 눈으로는 하나하나가 화살만 했다. 나는 정면에 오러 실드를 전개하며 최대한 몸을 웅크렸다.

순간 다섯 개의 바늘이 동시에 오러 실드를 강타했다.

파지지지지지지직!

실드는 한순간에 소멸했다.

하지만 더 이상의 충격은 없었다. 바늘 천 개 자체가 넓은 범위에 적을 타격하기 위한 기술이다. 단 한 명의 강력한 적에겐 심각한 피해를 입히지 못한다.

예를 들면 소드 마스터처럼.

하지만 녀석들은 통하든 통하지 않든, 적이 일정 거리 안으로 들어오면 기계적으로 이 기술을 사용한다.

그 또한 우주 괴수를 공략하기 위한 핵심 정보 중 하나였다. 나는 단숨에 눈앞에 육박한 적의 거대한 몸통을 노려보며 생각했다.

'최대한 시간을 끌어야 해.'

내가 시간을 끈다는 것은, 그만큼 우주 괴수의 힘이 약해진다는 것을 의미한다.

동시에 괴수의 몸으로부터 좀 더 얇고 짧은 촉수들이 무더기로 튀어나왔다.

'저건 칼이다.'

그 순간, 나는 적의 새로운 촉수 모두를 무기로 인식했다.

그렇게 보면 우주 괴수는 수십 개의 칼을 휘두르며 싸우는 전사라 할 수 있다.

물론 저 괴물이 인간처럼 생각하진 않을 것이다.

하지만 상대가 인간이든 몬스터든, 공격의 대상이 나라는 사실엔 변함이 없다.

그렇다면 검술을 발휘할 여지가 있다.

블랑크와 팔틱에게 '몸을 바치며' 터득한 검술을.

그리고 이젠 알고 있다. 검술은 꼭 검을 사용해야만 하는 것이 아니라는 걸.

핵심은 언제나 똑같다.

적의 움직임을 내가 원하는 대로 유도하는 것.

그것을 위해 내가 사용하는 무기가 검이기 때문에 검술이라고 부를 뿐이다.

나는 순간적으로 브레이크를 걸며 왼편으로 몸을 날렸다.

동시에 수십 개의 짧은 촉수가 내 쪽을 향해 쏟아졌다. 나는 기다렸다는 듯이 공중으로 솟구쳐 오르며 그 모든 촉수를 피해냈다.

'그리고 지금부터 적의 몸에서 새로운 촉수가 뿜어져 나온다.'

바로 공중에 떠 있는 날 격추하기 위해서.

그래서 난 처음부터 끝까지 적의 몸을 주시했다. 그러자 기다렸다는 듯이 적의 몸통 중 일부가 촉수를 뿜을 듯이 부풀어 올랐다.

나는 미리 준비해 두었던 컴팩트 볼을 그곳으로 날렸다.

콰과과과과과과광!

촉수는 튀어나오지도 못한 채 괴수의 표면에서 소멸했다.

그리고 난 무사히 지면에 착지한 다음, 적의 본체를 향해 마지막으로 도약했다.

그사이, 적의 몸에서 다시 새로운 촉수들이 뿜어져 나왔다.

하지만 적과의 거리는 이미 제로였다. 나는 정면에 보이는 시커먼 적의 몸에 칼을 찔러 넣은 다음.

푸확!

그대로 몸을 틀며 옆으로 그으며 질주했다.

파지지지지지지지지직!

오러 소드가 맹렬한 기세로 반응한다.

나는 초 단위로 새로운 오러 소드를 전개하며 적의 몸을 따라 계속 달렸다.

마치 거대한 나무의 주위를 빙글빙글 돌 듯.

덕분에 쏟아지는 촉수들이 갈피를 잡지 못한 채 허공과 지면으로 빗나갔다.

일부는 스스로의 몸을 강타하며 소멸하기도 했다. 하지만 내가 적의 몸에 칼을 박아 넣은 채 두 바퀴째 돌았을 때, 갑자기 지면이 울리며 이상 반응이 생기기 시작했다.

'지금이다.'

나는 일말의 주저도 없이 우주 괴수의 몸에서 칼을 뽑아냈다.

동시에 지면을 박차며 뒤쪽으로 몸을 날렸다. 조금이라도 적과 더 멀어지기 위해서.

동시에 적의 몸 주위에서 폭발이 일어났다.

콰과과과과과과과과광!

그것은 검은 기운과 붉은 화염이 뒤섞인 강렬한 폭발이었다.

내가 벌여놓은 상처에서 새어 나온 안개 같은 검은 기운이, 마치 분진 폭탄처럼 일제히 폭발을 일으킨 것이다.

나는 '정체불명의 힘을 얻은 루도카 황자'에 대한 정보는 거의 모른다.

하지만 '우주 괴수'에 대한 것은 세상 그 누구보다 많은 정보를 가지고 있었다.

녀석들이 어떤 공격 수단을 가지고 있고, 어느 정도의 내구력을 가지고 있으며, 약점은 무엇이고, 위기 시에 어떤 반응을 보이는지까지.

모두 철저하게 꿰고 있다.

다만 불안 요소가 있다면, 그 정보를 끌어낸 상대가 인류가 아닌 '소드 마스터'였다는 사실뿐.

하지만 지금의 나는 과거의 인류가 아니다. 귀환자인 소드 마스터와 비슷한 방식의 싸움이 가능하다.

'그렇다면 통한다.'

나는 확신했다.

대신 공략 자체는 내 방식으로 새로 만들어야 한다. 내겐 소드 마스터만큼의 기동력과 내구력이 없으니까.

그사이, 폭발을 일으킨 우주 괴수가 뱃고동 같은 울음소리를 내기 시작했다.

구우우우우우우우…….

동시에 검뿌옇게 흐려진 공기가 약간 맑아졌다. 그것은 녀석이 주변에 흩뿌린 검은 기운을 다시 빨아들였다는 신호였다.

이건 희소식이다.

우주 괴수는 자신이 뿌린 검은 기운을 다시 회수해서 손상을 회복하는 능력을 가지고 있다.

반대로 따지면 방금 내 행위가 적의 힘을 확실하게 손상시킨 것이다. 나는 믿음을 가지고 적과의 거리를 일정하게 벌렸다.

그러자 다시 굵고 긴 촉수들이 뿜어져 나왔다.

'다섯 개다.'

나는 적을 중심으로 시계 방향으로 달리며 쏟아지는 촉수들을 피해냈다.

어째서인지는 모른다.

하지만 우주 괴수의 촉수 공격은 반시계 방향보다 시계 방향으로 돌면서 피할 때 회피할 가능성이 높았다.

'이것도 소드 마스터들의 경우였지만…….'

그 순간, 나는 강렬한 충동을 느꼈다.

내가 하는 이 모든 일은 우주 괴수가 가지고 있는 검은 기운 자체를 약화시키기 위한 과정이다.

우주 괴수의 내구력은 상상을 초월한다.

내가 칼을 찔러 넣을 수 있던 부분은 고작해야 녀석의 껍질일 뿐.

좀 더 깊은 곳에는 그보다 한 차원 높은 내구도를 가진 중심부가 존재한다.

그리고 더 깊은 곳에는 말 그대로 우주 괴수의 핵심이라 할 수 있는 핵심부가 있다.

마치 블랙홀처럼 새까만 사람 크기의 덩어리.

하지만 껍질이든 중심부든 핵심부든, 모두 같은 검은 기운에 의해 만들어졌고, 운영된다.

차이라면 검은 기운의 밀도뿐이다. 그리고 녀석이 힘을 쓰면 쓸수록 검은 기운의 밀도는 부위와 상관없이 동일하게 줄어든다.

그리고 소드 마스터들은 그들만이 가진 기술로 보다 쉽게 적의 밀도를 줄여 나갔다.

물론 난 소드 마스터가 아니다.

하지만 내겐 그에 필적하는 기술이 있다.

노바로스의 파도.

'이걸 쓰면 단숨에 우주 괴수의 힘을 약화시킬 수 있다. 어

쩌면 한 방에 쓰러뜨릴 수 있을지도…….'

루도카가 변신한 우주 괴수는 전생에 지구를 침공한 우주 괴수에 비해 명백하게 사이즈가 작다.

그렇다면 며칠 전에 상대한 빅 스카에 비해 더 강하다고 장담할 수 없다.

의외로 쉽게 처리할 수 있을지도 모른다.

'이미 한 번은 적의 힘을 약화시켰다. 지금 노바로스의 파도를 사용한다면…….'

그것은 쉬운 길이었다.

심지어 실패해도 상관없다. 일단 죽고 나서 처음부터 다시 시작하면 되니까.

하지만 그것도 쉬운 길이다.

그리고 약자는 언제나 쉬운 길을 선택한다.

하지만 지금의 나는 다르다. 내겐 전생에 지구를 침략한 소드 마스터들조차 익히지 못한 기술이 있다.

'일단 갈 때까지 가보자.'

나는 결심하며 계속 달렸다.

동시에 무수한 촉수들이 등 뒤로 떨어졌다.

콰앙!

콰앙!

콰아아아앙!

집채만 한 운석이 떨어지듯, 우주 괴수의 촉수가 끊임없이 날아든다.

하지만 우주 괴수는 멍청이가 아니다.

오히려 함정을 파고 집요하게 먹이를 기다리는 거미와 같다.

그래서 나는 적의 몸을 끊임없이 주시하며 관찰했다.

내가 눈으로 볼 수 없는, 적의 뒤쪽에서 새로운 촉수가 튀어나오는 그 순간을 위해.

그리고 그 순간, 기다렸다는 듯이 사각으로부터 촉수가 튀어나왔다.

마치 몸으로 칼을 숨기며 공격 타이밍을 감추는 팔틱의 '디셉션 컴뱃'처럼…….

'온다.'

나는 진행 방향으로 날아오는 두 줄기의 촉수를 주시했다. 그중 한 가닥은 내가 달리고 있는 진행 방향을 향해 미리 날아가고 있었다.

—이걸 피하기 위해서는 뛰어넘는 수밖에 없다. 네가 과연 할 수 있을까?

우주 괴수는 마치 그렇게 말하는 듯했다.

그리고 또 다른 촉수는 그보다도 더 먼 곳을 향해 좀 더 느린 속도로 날아가고 있었다.

—정말 뛰어넘어서 피했나? 하지만 난 그걸 예상하고 두 번째를 준비했는데?

적은 명백한 의도를 가지고 함정을 파놓았다.

하지만 그는 모른다. 이 모든 것이, 내가 그렇게 하게끔 유도한 행동이라는 걸.

나는 먼저 날아오는 촉수의 뿌리 부근을 향해 컴팩트 볼을 날렸다.

콰과과과과과광!

미리 예상하고 준비하지 않았다면, 결코 노릴 수 없는 타이밍이다.

덕분에 날아오던 촉수가 크게 휘며 방향을 잃었다. 나는 그것을 뛰어넘는 대신, 몸을 기울여 아래로 피하며 몸을 틀었다.

그리고 다시 적을 향해 돌진했다.

구우우우우우우우!

우주 괴수는 분노한 듯 소리쳤다.

그리고 실패한 두 번째 촉수를 바짝 끌어들이며 내 앞을 가로막았다.

'여기까지는 예상대로다. 이 후엔 어떻게 될까?'

나는 기대를 품으며 가로막은 촉수를 향해 계속 달렸다.

그 순간, 우주 괴수의 본체로부터 바늘들이 뿜어져 나왔다.

촤자자자자자작!

바늘 천 개.

적이 자신의 주변으로 일정 범위에 들어오면, 자동적으로 발사되는 우주 괴물의 방어 시스템.

하지만 바늘은 내 몸에 닿지 않았다. 찰나의 순간, 내 앞을 가로막은 촉수가 날아오는 모든 바늘을 대신 막아주었다.

파바바바바바바박!

노렸다.

이 모든 것이 나의 검술이다.

비록 검을 쓰진 않았지만, 내 모든 움직임은 바로 이 순간을 위해 적의 행동을 끌어낸 것이다.

나는 수십 개의 침에 박혀 소멸하논 촉수를 그대로 돌파하며 적을 향해 다시 돌진했다.

기분 탓인지도 모른다.

하지만 적의 육체는 좀 전보다 약간 더 흐려진 상태였다. 나는 다시 한 번 쏟아지는 적의 작은 촉수를 피하며 또다시 적의 몸에 칼을 박아 넣었다.

파지지지지지직!

그리고 수평으로 그으며 계속 내달렸다.

'좋아. 이 짓을 앞으로 세 번쯤 반복하면……'

그렇게 하면 노바로스의 파도를 쓰지 않고도 적의 외피를 걷어낼 수 있을 것이다.

비록 순간순간이 목숨을 담보로 한 선택의 기로라 해도, 내가 적의 움직임을 유도하며 그것을 예측하는 이상 쉽게 당할 리 없다.

나는 죽음을 통하지 않아도 녀석을 잡을 수 있다.

확실하게.

하지만 내가 확신할 수 있는 건, 오직 나와 우주 괴수뿐이었다.

그 밖의 제3의 요소에 대해서는 그 어떤 준비도 예상도 하지 않았다.

예를 들면 백여 개의 수박만 한 얼음덩어리가 눈보라와 함께 우주 괴수의 본체를 후려치는 상황이라든가.

"프로스트 노바!"

나는 순간 당황하며 소리쳤다.

나도 쓸 수 있는 마법이다.

그리고 내게 그 마법을 가르쳐 준 것은, 다름 아닌 셀리아 왕녀였다.

"주한 님, 저도 돕겠어요!"

동시에 셀리아가 소리쳤다.

나는 즉시 고개를 돌렸다. 우주 괴수를 중심으로 3시 방향으로 30미터쯤 떨어진 곳에 그녀가 서 있었다.

루니아와 브루인의 호위를 받으며.

"물러나!"

나는 곧바로 소리쳤다.

그들은 이미 우주 괴수의 사거리 안에 들어와 있었다.

쉬이이이이이이이익!

아니나 다를까, 우주 괴수는 셀리아를 향해 새로운 촉수들을 뻗었다.

마법사의 반응 속도로는 그것을 피할 수 없다.

그것은 마법사를 지키는 전사들 역시 마찬가지였다. 피하는 순간 지켜야 하는 마법사가 대신 당할 테니까.

일단 브루인은 막지도 못했다.

파지지지직!

녹색의 오러 실드를 전개한 브루인은 단 한 방의 촉수 공격에 실드는 물론 모든 오러를 소모하며 뒤로 날아갔다.

다행히 루니아는 방어에 성공했다. 그녀는 양팔에 전개한 오러 실드를 교차해 막으며 뻗어오는 촉수의 직격을 막아냈다.

파지지지지지직!

하지만 한 방에 10미터쯤 뒤로 밀려나며 그대로 한쪽 무릎을 꿇었다. 셀리아는 깜짝 놀라며 자신보다도 뒤로 밀려난 루니아를 바라보았다.

동시에, 시간 차를 두고 나중에 뻗어 나온 촉수가 그녀의 몸을 덮쳤다.

'안 돼!'

나는 전율했다.

거리가 너무 멀어 대신 막아줄 수가 없다.

하지만 왕녀도 대책이 없는 것은 아니었다. 그녀는 미리 바람 계열의 방어 마법을 전방에 전개하고 있었다.

휘이이이이익!

덕분에 짧은 순간이나마 촉수의 속도가 느려졌다.

그사이, 셀리아는 아이스 월을 다중으로 전개하며 촉수의 직격을 받아냈다.

총 네 겹의 두꺼운 얼음벽.

하지만 그 모두가 한 방에 박살 나며 쪼개졌다.

콰지지지지지직!

동시에 셀리아가 움찔하며 주저앉았다.

그녀의 한쪽 다리가 이상한 방향으로 꺾여 있다. 촉수의 힘이 얼음벽 너머로 그녀의 몸을 짓누른 것 같았다.

"왕녀님!"

그러자 루니아가 뒤늦게 달려와 그녀의 앞을 가로막았다.

문제는 그렇다고 내게 쏟아지는 촉수 공격이 사라지진 않았다는 것이다.

우주 괴수는 새로 등장한 인간들에게 공격을 가함과 동시에, 여전히 내게도 파상 공세를 퍼붓고 있었다.

그리고 한술 더 떠서, 거대한 몸을 움직이기 시작했다.

셀리아와 루니아가 있는 곳을 향해.

그제야 나는 우주 괴수의 또 다른 특징을 기억해 냈다.

저놈들은 한 명이라도 더 많은 인간이 있는 곳을 향해 움직인다.

그것은 며칠 전에 싸웠던 빅 스카의 습성과 같은 것이었다. 이제 저 괴물은 최소한 더 많은 인간의 무리가 나타날 때까지 셀리아와 루니아를 쫓을 것이다.

우우우우우웅…….

우주 괴수가 공기를 떨며 불쾌한 소리를 내뿜었다.

동시에 이동속도도 점점 더 빨라지기 시작했다. 나는 더 이상 시간을 끌며 적의 힘을 약화시킬 수 없다는 것을 직감했다.

되든 안 되든, 지금 끝장을 내야 한다.

"오, 오지 마! 이 괴물!"

바닥에 쓰러진 셀리아는 접근하는 우주 괴수를 향해 미친 듯이 마법을 쏟아냈다.

하지만 그녀가 마법을 쓸 수 있는 것은 그녀의 앞을 가로막은 루니아의 희생이 있었기 때문이다.

"크윽!"

세 번째의 촉수 공격을 대신 받아낸 루니아는 입에서 피를 토하며 몸을 숙였다.

'시간이 없어.'

얼핏 봐도 발동시킨 오러가 확 줄어들었다. 나는 그사이 좌우에서 동시에 날아드는 촉수를 피하며 정면으로 몸을 날렸다.

적을 향해.

그런데 적과 거리가 좁혀질수록 냉기가 느껴졌다. 셀리아가 마구 날린 프로스트 노바의 영향이었다.

슈우우우욱!

동시에 우주 괴수의 몸에서 바람을 빨아들이는 소리가 들렸다. 아무래도 검은 기운의 소모가 큰 듯, 사방에 흩어진 기운을 더 빠르게 빨아들이는 듯했다.

왕녀의 마법도 효과가 있는 것이다.

그래서 나는 접근과 동시에 적의 몸통에 컴팩트 볼을 던졌다.

콰과과과과과과광!

일단 지금보다 더 주의를 끌어야 한다.

그러자 기다렸다는 듯이 네 개의 촉수가 새로 뻗어 나왔다.

그와 동시에, 나는 적이 바늘 천 개를 뿌리는 공간에 진입했다.

촤좌좌좌좌좌좌작!

그 순간, 나는 전력을 다해 공중으로 도약했다.

구부린 무릎을 펴는 것만으로도 지면이 살짝 파일 정도였다.

쏟아지는 적의 모든 공격을 피하기 위해.

하지만 공중으로 뛰어오른 이상, 적의 후속 공격을 피할 수가 없다.

"문주한!"

멀리서 루니아의 외침이 들렸다.

곧바로 우주 괴수의 몸에서 새로운 촉수가 부글거리며 솟아나온다.

'그래. 최대한 많이 만들어내라.'

나는 공중에 뜬 상태로, 적의 움직임을 끝까지 주시했다.

그리고 십여 개의 가느다란 촉수가 새로 뻗어 나온 순간, 적을 향해 노바로스의 파도를 시전했다.

푸화아아아아아아아아아악!

그것은 완벽한 타이밍이었다.

적과의 거리는 약 20미터.

그리고 지면에서 10미터 높이에 떠 있었기 때문에, 화염의 범위 안에 적의 몸 전체를 온전히 담을 수 있었다.

그리고 나는 내가 만든 거대한 불의 공간이 사라지기도 전에, 그곳을 향해 뛰어들었다.

도약하는 힘이 남아 있어 어쩔 수가 없었다.

하지만 그 또한 계산된 행동이었다.

파지지지지직!

발동시킨 오러가 주변의 열기에 반응하며 소모되기 시작했다.

하지만 지금은 내 오러가 소모되는 것보다 적에게 시간을 주지 않는 것이 중요하다.

그렇게 흐려지는 화염을 뚫고 간 곳에 한층 오그라든 우주 괴수의 육체가 보였다.

껍질부는 이미 전부 소멸했다.

안쪽의 중심부 역시 상당히 흐려진 상태로 일렁이고 있다.

'지금이다.'

나는 일렁이는 중심부에 몸을 던졌다. 강한 반발력이 느껴졌지만, 억지로 몸의 절반 정도를 밀어 넣을 수 있었다.

그리고 오러 브레이크를 사용했다.

콰과과과과과과과광!

이것은 자신의 몸 주위로 오러를 분출해 폭발시키는 오러 스킬이다.

위력은 컴팩트 볼보다 약하지만, 당장 자신의 주변에 있는 모두를 밖으로 날려 버리는 효과를 가지고 있었다.

덕분에 내 주위에 있던 검은 기운들이 덩어리채 소멸했다.

마치 거대한 사과를 한 입 배어 물은 것처럼.

나는 한 발 더 앞으로 몸을 날리며 다시 한 번 오러 브레이크를 사용했다.

콰과과과과과과광!

그리고 또 한 번.

콰과과과과과과광!

그리고 또 한 번을 반복하자, 눈앞에 새카만 무언가가 보였다.

주변의 모든 어둠보다 더 어두운, 말 그대로 모든 것을 빨아들일 듯한 순수한 검은색.

그 검은색이 마치 태아와도 같은 자세로 그곳에 웅크리고 있다.

이것이 바로 우주 괴수의 핵심부다.

동시에 뭉텅이로 떨어져 나간 중심부가 회복되기 시작했다.

우선 등 뒤가 닫혔다.

그리고 내가 서 있는 곳에도 어둠의 농도가 점점 강해진다.

하지만 처음부터 퇴로를 생각한 작전은 아니었다. 나는 눈앞의 새까만 핵심부를 향해 전력으로 칼을 찔러 넣었다.

푸확!

칼날은 절반쯤 들어가서 멈췄다.

파지지지지지직!

동시에 발동시킨 오러 소드가 격렬한 반응을 일으키며 소멸했다.

나는 곧바로 새 오러 소드를 만들었다.

파지지지지지직!

이번에도 1초도 견디기 못하고 소멸했다.

하지만 효과가 있었다. 핵심부 전체가 요동치며 흔들리기 시작했다.

'통한다.'

나는 남은 오러를 전부 소모할 기세로 오러 소드를 발동시켰다.

만들고, 소멸하고, 만들고, 소멸하고, 만들고, 소멸하고……

그사이, 내가 서 있던 공간 전체가 검은 기운을 회복했다.

적의 몸 안에 갇혀 버린 것이다.

더 이상 숨조차 쉴 수 없었다.

하지만 신경 쓰지 않았다.

그렇게 몇 초가 지났을까.

더 이상 핵심부에 박아 넣은 칼날에 저항감이 느껴지지 않았다.

동시에, 나를 감싼 검은 기운의 세상이 폭발했다.

그것은 화염도 없고, 소리도 없는 공허의 폭발이었다.

"……"

오직 나만이 그 폭발을 느낄 수 있었다. 나는 몸 전체를 관통하는 정체불명의 힘에 치를 떨며 몸을 웅크렸다.

그러자 세상이 다시 밝아졌다.

물론 사방에 퍼진 검은 기운 때문에 여전히 어두웠다.

마치 짙은 안개라도 낀 것처럼.

하지만 우주 괴수의 중심부에 갇혀 있을 때와 비교하면 새벽이라도 찾아온 것처럼 환했다. 나는 웅크렸던 몸을 펴며 크게 심호흡을 했다.

"후우우……"

우주 괴수가 소멸했다.

그런데 눈앞에 화려한 장식이 달린 옷 한 벌이 떨어져 있었다. 나는 조금이라도 공기가 좋은 쪽으로 뒷걸음을 치며 중얼거렸다.

"루도카의 옷……"

그런데 그때, 뒤쪽으로 누군가의 인기척이 느껴졌다.

"황자님……"

그는 들고 있던 작은 약통을 떨어뜨리며 내 쪽으로 걸어왔다.

"겔브레스……"

나는 몸을 돌리며 반대 방향으로 뒷걸음을 쳤다.

상대는 보이디아 차원의 힘을 다루는 또 다른 저주술사였다. 심지어 발동시킨 어둠의 망토로 셀리아와 루니아를 휘감고 있었다.

나는 허를 찔린 기분으로 입술을 깨물었다.

'설마 루도카를 상대로 내 힘이 전부 소모될 때까지 기다린 건가? 저 둘을 인질까지 잡으면서?'

완벽한 계획이다.

하지만 분위기는 그렇지 않았다. 젤브레스는 허망한 얼굴로 비틀거리며 천천히 내 쪽으로 걸어왔다.

당장 공격할 기세는 없었다.

그렇다고 인질을 내세워 협박하지도 않았다. 그는 단지 내 등 뒤에 있는, 주인 없이 나뒹구는 루도카의 옷을 노려보며 중얼거릴 뿐이었다.

"이럴 수가… 어떻게 이런 일이… 이토록 많은 어둠을 받아들이신 황자님께서 고작 인간 따위에게 당할 줄이야……."

그는 정말 당황한 듯했다. 나는 곧바로 적을 스캐닝하며 입술을 깨물었다.

'완벽해. 모든 능력치가 꽉 차 있다.'

하지만 나는 거의 대부분의 스텟을 소모했다. 남은 거라곤 100을 간신히 넘기는 오러 스텟과 지속 시간이 3분 정도 남은 노바로스의 강화뿐.

'싸울 거면 지금 싸워야 한다. 노바로스의 강화가 끝나기

전에.'

하지만 지금 상태로 겔브레스의 어둠의 망토를 뚫는 것은 불가능에 가깝다.

그리고 인질까지 잡혀 있다. 나는 이러지도 저러지도 못한 채, 비틀거리는 적의 걸음에 따라 천천히 뒤로 물러났다.

'어떻게 하지? 차라리 지금 바로 자살할까? 다시 5분 전으로 돌아가서 두 사람에게 미리 경고를 하고⋯⋯.'

툭.

그때 뒤꿈치에 뭔가가 밟혔다.

그것은 루도카의 칼이었다. 그러자 겔브레스가 부들거리는 손을 뻗으며 걸음을 멈췄다.

"안 돼⋯ 더, 더 이상 그분을 능멸하지 마라."

"능멸할 생각 따윈 추호도 없어."

나는 재빨리 발을 치우며 대꾸했다. 상대가 흥분해서 인질을 즉시 죽이기라도 하면 곤란하다.

겔브레스는 그 젊은 외모로는 상상조차 할 수 없을 정도로 삭은 표정을 지으며 말을 더듬었다.

"또⋯ 또 너인가, 문주한? 네가 강한 건 아르마스의 대신전에서 충분히 경험했다. 하지만 이 정도일 줄이야⋯⋯. 전보다 훨씬 더 강해졌군. 역시 대신관님의 말이 옳았어⋯⋯."

그는 짧게 탄식하며 고개를 저었다.

"당연히 지금의 나는 상대도 안 되겠지. 하지만⋯ 그래도 여기서 그냥 물러날 수 없다."

'제발 그냥 물러나 주면 좋겠는데…….'

"하지만 나는… 아… 황자님의 죽음을 알려야 한다. 신성제국에… 그리고 국상을 치르기 위해… 최소한… 그분의 유품이라도 챙겨 돌아가야 한다."

그는 자신의 처지를 견디기 힘든지 계속 말을 더듬었다.

'아니, 이건 단순히 괴로워서 저러는 게 아니야.'

두려워하고 있다.

그는 나를 두려워하고 있었다.

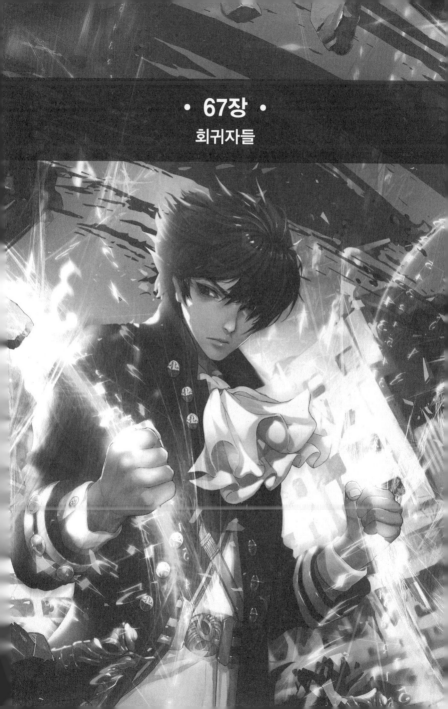

· 67장 ·
회귀자들

물론 실제로 싸우면 십중팔구는 내가 질 것이다.

하지만 상대는 그것을 알아챌 방법이 없다. 겔브레스의 눈에 보이는 건, 그저 자신보다 월등히 강력했던 루도카를 흔적조차 없이 해치운 막강한 적의 존재뿐.

'그렇다면 역으로 이용해야 한다.'

나는 발동시킨 오러를 좀 더 강하게 키우며 허리를 꼿꼿이 세웠다. 겔브레스는 움찔하고 몸을 떨며 불안한 목소리로 말했다.

"문주한, 싸우기 전에 마지막으로 제안한다."

"…제안?"

"여기 이 두 여자, 그쪽의 부하겠지? 아직 목숨은 살아 있다."

"설마 인질로 삼을 셈인가?"

나는 전혀 상관없다는 얼굴로 심드렁하게 대꾸했다. 겔브레스는 단박에 위축되며 고개를 저었다.

"인질이 아니다. 그저 황자님의 유품과 교환했으면 한다."

"뭐?"

"나는 황자님의 유품을 챙겨서 제국으로 귀환해야 한다. 비록 시체는 없더라도… 최소한 관에 넣을 유품은 있어야 하지 않겠나?"

"그래서 지금 널 그냥 살려 보내라고?"

나는 뻔뻔하게 코웃음을 치며 말했다.

"별로 맘에 들지 않는 제안이군. 맘에 안 들어."

"부하들의 목숨을 생각하지 않겠나? 물론 지금 싸우면 내가 죽겠지. 하지만 나도 그전에 이 두 여자를 먼저 죽이겠다."

순간 셀리아와 루니아를 움켜쥔 검은 기운이 일렁이며 요동쳤다. 나는 극한의 인내심으로 표정을 감추며 대수롭지 않다는 듯 어깨를 으쓱였다.

"죽여도 상관없어. 그런 도움도 안 되는 형편없는 여자들… 그저 귀엽게 생겨서 옆에 뒀을 뿐이다."

"그… 그래. 특히 이쪽은 미인이더군."

겔브레스는 놀랍게도 셀리아를 천천히 앞으로 내밀며 내

앞에 내려놓았다.

"일단 이 여자부터 풀어주겠다. 그러니 부탁한다. 황자님의 유품과 교환하지 않겠나?"

'저놈이 셀리아 황녀의 얼굴을 모르는 게 천만다행이군.'

나는 속으로 가슴을 쓸어내렸다.

그리고 쓸데없이 고민하는 척하다, 여유 있게 한 발 옆으로 물러났다.

"좋아, 알겠다. 아무리 그래도 사람 목숨이 먼저겠지. 하지 만."

나는 칼날에 오러 소드를 전개하며 적을 위협했다.

"허튼짓을 했다간 부하고 뭐고 상관없어. 반드시 널 죽이겠 다."

"…걱정 마라."

겔브레스는 루니아까지 앞으로 내밀며 천천히 내려놓았다.

"약속은 지킬 테니까. 황자님의 유품을 챙기면 이 여자도 곱게 풀어주겠다."

루니아의 몸에는 여전히 어둠의 망토가 감겨 있었다. 나는 일단 기절한 셀리아의 몸을 안아 일으키며 말했다.

"좋아. 황자의 유품을 챙겨라."

그러자 겔브레스가 어둠의 망토를 새로 뻗어 황자의 유품 을 빨아들이기 시작했다. 나는 대담하게 루니아의 몸과 이어 진 어둠의 망토를 살짝 밟으며 요구했다.

"그럼 이제 이 여자도 풀어주지?"

"내 안전을 위해 최대한 멀리 떨어진 다음에… 풀어주겠다."

겔브레스는 루니아와 연결된 어둠의 망토를 최대한 가느다랗게 늘어뜨리며 미끄러지듯 뒤로 물러났다.

그렇게 100여 미터쯤 물러나자, 자연스럽게 연결 부위가 끊기며 루니아 역시 자유를 되찾았다.

"문주한… 왕녀님은……."

루니아는 그제야 가까스로 고개를 치켜들며 목소리를 냈다. 나는 소리 없이 고개만 살짝 끄덕였다.

그러자 멀리 떨어진 겔브레스가 지면에 마법진을 그리며 소리쳤다.

"문주한! 이건 빚이라고 생각하지 않겠다!"

그러고는 어둠의 망토에서 새로운 인간을 뽑아내며 명령했다.

"토브, 이곳에 마력을 주입해라."

그러자 지구인으로 보이는 젊은 남자가 고개를 끄덕였다.

"네. 알겠습니다, 신관님."

그와 동시에, 마법진에서 빛이 번뜩였다.

동시에 마법진 위에 두 사람이 사라졌다.

나는 그제야 땅바닥에 주저앉으며 긴 한숨을 내쉬었다.

"살았다……."

＊　　　＊　　　＊

　스캐닝으로 몬스터 취급이 되는 적을 쓰러뜨리면 오러의 최대치가 높아진다.

　만약 오러보다 마력을 먼저 습득했다면 마력이 올라갔을 테지만, 어쨌든 루도카는 확실히 몬스터였다.

　하지만 이번에는 빅 스카를 잡았을 때처럼 한 번에 레벨이 오르진 않았다.

　빅 스카와 루도카를 비교하면 당연히 루도카의 급이 더 높을 것이다.

　물론 레벨이 높아질수록 얻는 '경험치'도 줄어든다고 한다. 하지만 그것을 제외하더라도 이번에는 다른 변수가 있었다.

　스캐닝 결과, 기절한 셀리아 왕녀의 마력 스텟 최대치가 6이나 높아졌다.

　루니아의 오러 스텟 또한 4가 올라갔고, 가까스로 목숨을 건진 링카르트의 기사, 브루인의 오러 스텟은 무려 11이 높아졌다.

　'정작 우주 괴수를 잡은 건 나 혼자인데 말이지……'

　나는 쓴웃음을 지으며 세 사람을 보았다.

　덕분에 내 오러 스텟은 최대치가 10밖에 안 올랐다.

　물론 10도 낮은 수치는 아니다. 하지만 막판에 저들이 개입하지 않았다면 분명 한 번에 레벨이 올랐을 것이다.

"미안하다, 문주한. 전혀 예상하지 못한 기습이라 속수무책으로 당할 수밖에 없었다."

셀리아가 기절해 있어서일까? 루니아는 귀신같이 말을 놓으며 사과했다.

"당연히 겔브레스가 주변에 잠복해 있으리란 걸 예상해야 했다. 최근에 몬스터만 사냥하다 보니 내 감도 많이 죽은 모양이군."

"너무 자책할 필요는 없습니다. 아무래도 그건 아닌 모양이니까요."

나는 바닥에 굴러다니는 작은 약통을 집어 들며 말했다.

"겔브레스는 잠복했다가 나타난 게 아닌 것 같습니다. 어딘가 멀리 떠났다가 방금 전에 막 돌아온 것 같군요."

"어딘가 멀리? 루도카 황자를 혼자 놔두고 말인가?"

"네. 유품이라도 수습해서 어떻게든 돌아가려는 것만 봐도 충성심이 강한 것 같습니다. 그런데 루도카가 죽을 때까지 가만히 구경만 하고 있진 않았겠죠."

"그런가… 아무튼 고맙다. 왕녀님과 날 구하기 위해서 저런 후환이 남을 상대를 순순히 돌려보내다니……."

셀리아는 고개를 숙이며 감사를 표했다.

물론 진실은 그게 아니었지만, 나는 설명하는 것도 귀찮아 그냥 한쪽 어깨를 으쓱였다.

"신경 쓰지 마십시오. 그보다 몸은 좀 어떻습니까?"

"걱정 마라. 이젠 다 회복됐으니까."

"다행이군요. 그런데 왕녀님은?"

"생명에 지장은 없는 것 같다."

루니아는 몸을 숙여 왕녀의 몸에 손을 짚으며 말했다.

"하지만 의식이 돌아오지 않는 걸 보면 충격이 컸던 모양이다. 가능한 빨리 신관의 치료를 받게 하는 게 좋겠어."

"네. 그럼 그렇게 해주십시오."

나는 반대편에 우두커니 서 있는 브루인을 보며 말했다.

"당신도 함께 돌아가 주십시오. 함께 치료를 받아야 할 테니까요."

"아, 저는 괜찮습니다."

브루인은 머리에 흐르는 피를 닦으며 고개를 저었다.

"피부가 찢어졌을 뿐입니다. 대신 오러가 전부 소모되긴 했지만요."

"그만하길 다행입니다. 그럼 루니아? 지금 다 같이 켈리런으로 돌아가 주세요."

"돌아가는 건 어렵지 않다만……."

루니아는 멀리 언덕 위에 있는 젠투의 대신전을 올려다보며 물었다.

"너는 어떻게 할 거지?"

"저는 대신전을 둘러보고 있겠습니다. 공화국에서 대신전을 지킬 새로운 인력이 도착할 때까지요."

"아, 그거라면 저도 함께하겠습니다."

브루인이 앞으로 나서며 말했다. 나는 고개를 저으며 대꾸했다.

"그러실 필요 없습니다."

"아니, 저도 링카르트의 군인입니다. 신관들이 어떻게 되었는지, 성물이 어떻게 되었는지 확인하고 보고해야 합니다."

"신관은 모두 죽었습니다."

나는 고개를 저었다.

"그리고 성물은 무사합니다. 당연하지 않습니까? 감정의 각인이 사라지지 않았으니까요."

"그건… 그렇군요."

브루인은 손에 쥔 칼을 들고 가만히 바라보았다.

아마도 직접 감정의 각인을 써보고 있을 것이다. 나는 루니아에게 눈짓을 하며 재촉했다.

"그럼 루니아, 왕녀님을 부탁드립니다."

"알겠다, 브루인 경? 경도 함께 돌아갑시다. 한시라도 빨리 이곳에서 벌어진 일을 링카르트 정부에 보고하는 게 중요하지 않겠습니까? 그래야 신전을 지킬 지원군을 선별할 수 있겠지요."

"아… 알겠습니다."

브루인은 고개를 끄덕였다. 루니아는 기절한 셀리아를 안아 들고는 서쪽을 향해 걸음을 옮겼다.

그리고 나는 젠투의 대신전을 향해 잰걸음으로 달리기 시작했다.

*　　　*　　　*

브루인을 먼저 돌려보낸 것은, 당연히 성물을 꺼내는 순간을 보여주지 않기 위해서다.

그는 내가 지구인이라는 것을 모른다.

그리고 겉으로 보이는 시공간의 주머니가 진짜 성물이라고 믿고 있을 것이다. 나는 품속에 있는 시공간의 주머니를 움켜쥐며 한숨을 내쉬었다.

'어째서 루도카와 겔브레스는 젠투의 성물을 파괴하지 않았을까?'

그것이 의문이었다.

'설마 스텔라를 데려오지 않은 걸까? 그래서 겔브레스가 일단 제국으로 돌아간 거고?'

하지만 겔브레스가 마지막에 꺼내 보인 인간은 스텔라가 아니었다.

무언가 석연치 않다.

성물을 파괴하기 위해 대동한 지구인이 스텔라에서 다른 사람으로 바뀐 이유가 뭘까?

"설마 죽은 건 아니겠지……."

나는 입술을 깨물며 고개를 저었다.

상상만으로도 심장을 도려내는 것 같다.

하지만 당장은 어느 것도 확신할 수 없다. 지금은 그저 대신전이 점령당했는데도 기적적으로 살아남은 젠투의 성물을 빨리 회수하는 게 우선일 뿐.

며칠 만에 돌아온 젠투의 대신전은 전과 다를 바 없이 크고 웅장했다.

다만 북적거리던 신관들이 한 사람도 남아 있지 않았다. 나는 검게 변색된 핏자국으로 꽉 찬 중앙 홀을 지나, 회랑을 건너 안쪽에 있는 성물의 방에 진입했다.

성물의 방은 텅 비어 있었다. 중앙 홀과 마찬가지로 단 한 구의 시체조차 남아 있지 않았다.

'시체는 전부 루도카와 젤브레스가 흡수한 걸까?'

그들이 사용하는 어둠의 망토는 시체를 흡수해서 보관하는 능력이 있다.

물론 시체를 흡수한다고 해서 빅맨처럼 강해지는 건 아니다. 만약 그랬다면 대신전 너머의 벌판에 널려 있던 만여 구의 시체를 전부 흡수한 순간 말도 안 되게 강해졌을 테니까.

"흡수한 시체는 어디로 가는 거지… 시공간의 주머니처럼 다시 꺼낼 수도 있는 걸 봐서는… 어쩌면 어둠의 망토 자체가 보이디아 차원과 연결된 걸까?"

나는 혼잣말을 중얼거리며 단상을 향해 걸어갔다.

그런데 단상 위에는 아무것도 없었다.

대신 조금 떨어진 바닥에 반짝거리는 금속 재질의 주머니가 떨어져 있었다.

"십년감수했네……."

나는 가슴을 쓸어내리며 주머니를 집어 들었다.

불과 닷새 전만 해도, 주머니는 분명히 단상 위에 놓여 있었다.

그것이 움직였다는 것은 결국 지구인이 이곳에 왔다는 것을 의미했다.

"아……."

생각이 거기에 미친 순간, 나는 번개같이 주머니를 열며 소리쳤다.

"설마!"

누군가 주머니 속에서 진짜 성물만 빼간 걸까?

지금 내가 계획했던 것처럼?

하지만 아니었다.

주머니 속에는 확실히 뭔가가 들어 있었다.

그것도 전혀 예상하지 못했던 존재였다.

아르마스의 성물은 우주의 돌이었다.

파비라의 성물은 지식의 팔찌였다.

남은 건 각인의 권능, 광속의 정수, 그리고 회귀의 반지다.

적어도 이 셋 중의 하나가 들어 있어야 한다.

물론 각인의 권능과 광속의 정수가 어떻게 생긴 건지는 모르지만, 적어도 저건 아니라고 확신할 수 있었다.

인간.

주머니 속에는 인간이 들어 있었다.

워낙 깊이 들어가 있어 얼굴까지 보이진 않았다. 나는 혼란스런 마음을 가다듬으며 생각했다.

'혹시 인간이 아니라… 인간처럼 생긴 무언가인가? 회귀의 반지는 확실히 반지처럼 생겼으니까… 저게 각인의 권능이나 광속의 정수일까?'

나는 주머니 속으로 손을 넣은 다음 마음속으로 소리쳤다.

'각인의 권능!'

하지만 인간은 다가오지 않았다.

'각인의 권능이 아닌가? 그럼 광속의 정수!'

하지만 이번에도 꼼짝하지 않았다.

어이가 없다.

'회귀의 반지도 아니고, 각인의 권능도 아니고, 광속의 정수도 아니라면… 저건 대체 뭐지?'

나는 마지막 남은 수단인 스캐닝을 시전했다.

그리고 소리쳤다.

"스텔라!"

나는 주머니 속으로 팔을 어깨까지 쑤셔 넣은 다음 소리쳤다.

"스텔라! 스텔라! 스텔라!"

그러자 입구로부터 수십 미터는 떨어져 있던 스텔라가 다가오기 시작했다.

천천히.

그야말로 1초가 한 시간처럼 느껴졌다.

그리고 그녀의 어깨가 손에 잡힌 순간 가슴이 철렁 내려앉았다.

차갑고 단단했다.

마치 시체처럼.

"안 돼……."

나는 피가 날 듯 입술을 깨물었다.

당장에라도 꺼내고 싶었다. 하지만 행여 그녀의 몸이 부서질까 두려워 최대한 속도를 늦췄다.

그렇게 주머니의 입구가 점점 크게 벌어지며 그녀의 몸이 빠져나왔다.

정말 스텔라였다.

시공간의 주머니 따위는 신경도 쓰이지 않았다. 나는 양손으로 그녀를 안은 채 완전히 밖으로 끄집어냈다.

그러자 갑자기 그녀의 느낌이 변하기 시작했다.

차가웠던 몸에 온기가 돌고, 딱딱했던 피부가 점점 부드러워졌다.

"스텔라……."

나는 그녀를 바닥에 눕힌 채 탄식했다.

살아 있는 건 확실하다.

하지만 안심되는 것 이상으로 혼란스러웠다.

스텔라는 어떻게 시공간의 주머니 속에 들어 있던 걸까? 대체 여기서 무슨 일이 벌어졌던 걸까?

"콜록……."

그녀는 감은 눈을 찌푸리며 기침을 하기 시작했다. 나는 반사적으로 품속의 주머니에서 포션들을 마구 꺼내며 소리쳤다.

"스텔라! 괜찮아? 어디 아픈 건가? 다친 곳은 없고?"

"콜록… 으… 으으……."

그녀는 고통스러운 듯 신음 소리를 냈다. 그러고는 내가 입에 대준 포션을 정신없이 마시기 시작했다.

그러고는 힘겹게 눈을 뜨며 중얼거렸다.

"물맛이 너무 이상해……."

"걱정 마. 그냥 포션이니까. 그런데 스텔라, 대체 이 안엔 어떻게 들어간 거지? 그리고 정말 몸은 괜찮은 거야?"

"난… 나는 괜찮아. 그런데……."

스텔라는 퀭한 눈으로 날 올려다보며 물었다.

"넌… 누구야?"

*   *   *

나는 충격을 받았다.

스텔라는 날 기억하지 못하고 있다.

그녀는 '귀환자'란 칭호를 가지고 있었다. 그래서 난 확신했다.

그녀가 자기 자신의 몸으로 회귀했을 거라고.

하지만 그녀가 날 모른다는 건, 내 예상이 틀렸다는 것을 의미한다.

'아니! 그게 아냐!'

나는 순간적으로 충격을 가라앉히며 생각했다.

'그게 아니다. 그녀가 자신의 몸으로 회귀한 스텔라든, 그게 아니든 간에 날 알아볼 리가 없어.'

그것은 당연한 일이었다.

지금의 나는 문주한의 몸이 아니니까.

그 어떤 스텔라라 해도, 내 얼굴을 본 건 이번이 처음일 것이다.

"너… 누구지? 루도카나 겔브레스가… 새로운 지구인을 데려온 건가?"

그녀는 표정을 흐리며 차가운 목소리로 물었다. 나는 즉시 고개를 저었다.

"아니, 그들은 내가 물리쳤다. 이제 걱정할 필요 없어."

"물리쳤다니… 그 두 사람을 전부?"

"그래."

"누군진 모르지만… 굉장한데?"

스텔라는 주위를 살피고는 희미하게 웃었다.

그리고 나는 확신했다.

그녀는 바로 내가 알고 있는 그녀였다.

비록 말도 못 할 정도로 젊어지긴 했지만, 그녀의 미소는 내가 알고 있던 바로 그 미소였다.

언제나 피곤한 듯, 짙은 그늘이 드리운 그녀만의 독특한 웃음.

나는 자신도 모르게 그녀를 껴안았다.

"다행이다, 스텔라."

"…응?"

"너라서 다행이야, 너라서."

"저기… 그 둘을 물리쳐 준 건 정말 고마운데."

스텔라는 아직 몸에 힘이 안 돌아온 듯, 매우 힘겹게 날 밀어내며 물었다.

"넌 누구야? 날 주머니에서 끄집어낸 걸 봐선 지구인 같은데… 세뇌당하지 않고 제정신인 거야?"

"그래. 난 제정신이야."

"어떻게 그럴 수 있지? 소환한 모든 지구인은 레비의 대신전에서 관리하고 있을 텐데?"

"내가 문주한이니까."

나는 짧게 설명했다.

그것만으로도 모든 것을 설명할 수 있었다. 스텔라는 그 후로 한참 동안 내 얼굴을 바라보았다.

말없이.

그렇게 얼마나 시간이 지났을까.

"후… 후후……."

그녀는 다시 웃기 시작했다.

그것은 지금까지 내가 봤던 그녀의 미소 중에 가장 환한 미소였다.

"후후… 하하… 정말이야? 정말 주한, 너야?"

그녀는 왼손을 뻗어 내 얼굴을 쓰다듬었다.

"말도 안 돼… 이렇게 어린 사람의 몸으로 회귀한 거야?"

그녀는 약간 잠이 덜 깬 듯한 목소리였다. 나는 그녀의 손을 잡으며 조용히 대답했다.

"그래봤자 24년 전이니까. 그때의 나보다는 나이가 많다고 할 수 있겠지."

"그래… 맞아. 이젠 알았겠구나."

그녀는 조용한 눈으로 날 바라보다 고개를 숙였다.

"…속여서 미안해."

"박 소위와 규호에게 들었어. 하지만 직접 듣고 싶어. 그때 왜 그랬던 거야?"

"안 그러면… 당신이 돌아가지 않을 것 같아서."

그녀는 길게 변명하지 않았다. 대신 고개를 들어 다시 한 번 날 바라보았다.

"정말 이 안에 들어 있는 게… 당신이야?"

"그래. 나야."

"그럼… 내가 마지막으로 했던 말을 들려줘. 당신은 머리가 좋으니까 기억하고 있겠지?"

"네가 마지막으로 했던 말이라면……."

나는 잠시 생각하다 말했다.

"주한, 이제 돌아가. 모두를 구할 시간이야."

"…정말이구나."

그녀는 양팔로 내 목을 감으며 입을 맞췄다.

짧고 가벼운 키스였지만 무엇보다 달콤했다.

나는 코를 맞대고 비비는 그녀의 얼굴을 가만히 바라보며 말했다.

"물어보고 싶은 게 너무 많아. 하지만 당장은 하나만 대답해 줘."

"역시 당신이야. 이런 순간에도 냉정하네. 뭘 대답해 줄까?"

"왜 너는 네 몸으로 회귀한 거지?"

"왜냐하면……."

그녀는 천천히 얼굴을 떼어내며 대답했다.

"나는 언제나 나였으니까."

"뭐?"

"나는 언제나 나였다고."

"그게 무슨 소리야?"

"달리 뭐라고 해줄 말이 없어. 그 말 그대로야."

"잠깐, 그렇다면……."

나는 순간적으로 눈을 크게 떴다.

"회귀의 반지를 끼면 자신의 몸으로 돌아갈 걸 미리 알고 있었다는 건가?"

"맞아."

어째서?

나는 그 질문을 하려다 말았다.

답이 너무 간단했기 때문이다. 나는 그녀의 깨끗한 볼을 손끝으로 만지며 작은 목소리로 말했다.

"…이미 해봤구나."

"맞아. 해봤어. 그래서 알고 있는 거야."

"몇 번이나 해본 거야?"

그녀는 희미하게 웃으며 고개를 저었다.

"이젠 기억도 안 나."

"기억도 안 난다니……."

"백 번, 까지는 셌던 거 같아. 하지만 그 뒤로는 포기했어. 천 번일지도, 만 번일지도 몰라."

그녀는 그때까지도 쥐고 있던 오른 주먹을 펼쳐 보였다.

"그때마다 나는 언제나 이 반지와 만나게 됐어."

"회귀의 반지……."

그녀의 손에는 커다란 반지가 쥐어져 있었다. 나는 그 반지가 가진 효과를 떠올리며 숨을 들이마셨다.

"스텔라, 이 반지는 위험해. 일단 안전한 곳에 집어넣는 게 좋겠어."

"안전한 곳이라면……."

그녀는 발치에 떨어진 시공간의 주머니를 내려다보며 말했다.

"저기에 다시 넣어두자는 말이야?"

"아니, 거기 말고."

나는 품속에서 또 다른 시공간의 주머니를 꺼내 보였다.

"여기 넣자. 이건 내 소유야."

"내 소유? 정말? 그러면……."

그녀는 말을 흐리며 바닥에 놓인 시공간의 주머니를 집어 들었다.

그러고는 자신의 품에 집어넣었다.

털썩.

하지만 주머니는 옷에 걸리지 않은 채, 그대로 다시 바닥에 떨어졌다.

"이렇게 되는 게 아니라, 옷 속에 넣어둘 수 있다는 거야?"

"그러니까 가지고 다니지. 만날 들고 다닐 수는 없잖아?"

나는 직접 주머니를 품속에 넣어 보였다. 그녀는 놀란 눈으로 내 품을 만지며 고개를 끄덕였다.

"그래… 그렇다면… 너는 신들에게 선택받았구나."

"퀘스트를 알고 있어?"

"응, 알고 있어."

그녀는 양팔을 펼치며 웃었다.

"난 거의 모든 걸 알고 있어. 이 레비그라스 세상에 대해서."

"하지만 넌 퀘스트를 받지 않았고?"

"응. 나도 언제나 그게 의문이었어. 하지만… 이젠 괜찮아. 당신이 선택받았으니까. 나는 드디어 올바른 선택을 한 거야."

그녀는 갑자기 눈물을 흘리며 내 품에 얼굴을 묻었다. 나는 그녀의 등을 쓰다듬어 주었다.

'대체 스텔라는 얼마나 많은 시간을 살아온 걸까?'

상상조차 할 수 없다.

하지만 이제는 이해할 수 있었다. 그녀의 얼굴에 깃든 깊은 그늘의 정체를.

그녀는 끝도 없는 시간을 반복하며 계속 찾고 있던 것이다.

멸망하는 지구를 구해낼 인간을.

그리고 영원히 반복되는 회귀 속에서 그녀 자신을 구해줄 인간을.

*　　　*　　　*

"하나라도 좋으니까, 어떤 일이 있었는지 말해줘."

나는 단상에 걸터앉은 채 스텔라에게 물었다.

"그전에는 일이 어떤 식으로 전개됐던 거야?"

"그전에?"

"나를 선택하기 전에, 아니… 혹시 날 선택한 것도 이번이 처음이 아니야?"

"아니. 당신은 이번이 처음이야."

스텔라는 고개를 저으며 말했다.

"아주 오래전 일은 기억이 희미해. 그러니 '바로 직전'에 있었던 일을 말해줄게. 그때는 인류 저항군 서부 지구의 특수부대원이었던 게오르크 소령을 선택했어."

"각성자 게오르크 말이군. 31년에 사망한."

당연히 나도 아는 인물이다.

순수한 지구인 각성자 중에서는 거의 최강의 힘을 가지고 있는 존재.

하지만 2033년경에 레비그라스 차원의 회귀자와의 전투에서 사망했다. 스텔라는 고개를 끄덕이며 말했다.

"그때는 2033년에 안 죽었어. 내가 개입했거든. 그가 죽지 않도록."

"어떻게?"

"지명했어. 내가 세뇌에서 풀려났을 때, 날 담당할 사람으로 게오르크를 선택해서 그가 죽지 않도록 이끌어 나갔어."

순간 나는 게오르크란 사내에게 질투를 느꼈다.

하지만 표정에 내색하지 않으며 물었다.

"그럼 그때 나는 언제 죽었지?"

"그러니까… 2032년쯤."

"32년이라. 지금보다 9년쯤 더 일찍 죽었군."

"언제나 그쯤 죽었어, 문주한은."

"그 전에도 날 주시하고 있던 건가?"

"응 하지만 쉽게 선택하진 못했어."

"어째서?"

"유능한 인물이라는 건 알고 있었지만, 특별히 가지고 있는 힘이 없었거든."

그녀는 우울한 표정으로 한숨을 내쉬었다.

"내가 선택한 인간들은… 대부분 각성자였어. 아니면 나처럼 세뇌에서 풀린 귀환자거나. 물론 평범한 인간들을 선택한 적도 많았지만… 그때마다 '차이'가 생기지 않았거든."

"차이?"

"내가 아무것도 안 했을 때와의 차이. 그러면 보통 2038년이나 2039년쯤에 회귀의 반지와 만나게 돼."

"만나게 된다고?"

"응. 뭔가 숙명처럼."

그녀는 고개를 끄덕이며 웃었다.

"그렇게 다시 회귀하면 언제나처럼 비슷한 시기에 지구로 파병되고, 비슷한 시기에 세뇌에서 풀리고, 비슷한 시기에 인류가 멸망해. 그래서 난 차이를 만들기 위해서 수많은 인간을 선택했어. 어쩔 땐 전혀 다른 양상이 벌어지기도 했고. 물론 결국에 가서는 인류의 멸망을 막지 못했지만. 그런데 이번에는……."

그녀는 손에 쥔 포션병을 단상에 내려놓으며 말을 이었다.

"정말 많이 달라. 일단 지구가 아니라 레비그라스 차원에서 세뇌가 풀린 것 자체가 드문 일이야."

"드물다면, 있긴 있었다는 말인가?"

"많진 않았어. 그리고 그때마다 대부분 5년에서 6년 차였고."

"6년차? 아… 지구에서 납치된 지 6년이 지난 시점이라고?"

"응. 보통 그 시점이 되면 자유 진영이 거의 멸망해 있어."

그녀는 빈병을 손가락으로 굴리며 말했다.

"그리고 그때는 이미 돌이키기엔 늦었고. 하지만 지금은… 고작 2년도 안 됐어. 자유 진영도 멀쩡하고. 그렇지?"

"맞아. 멀쩡해."

"이런 적은 정말 처음이야. 이번엔 모든 게 빠르게 돌아가고 있어. 신성제국이 성물 파괴를 시작한 것도 3년 정도 빨라. 예전에는 세뇌한 지구인 중에 강력한 자들이 나오고 나서 시작했거든. 그런데 이번에는 아예 지구인 없이 시작했어."

"네가 있잖아?"

"나는 싸움을 시키려고 데려온 게 아니잖아?"

그녀는 텅 빈 성물의 방을 둘러보며 말했다.

"하지만 오래전에는 싸우러 온 적도 있었어. 대체 뭐가 달라진 걸까? 물론 주한, 당신 때문이겠지만… 그것만으로는 설명이 안 돼."

그녀는 날 마주 보며 물었다.

"대체 지난 1년 동안 무슨 일이 있던 거야?"

그래서 나는 지난 1년 동안 벌어진 일을 차근차근 설명했다.

이야기는 중간에 생략한 게 꽤 있는데도 한 시간쯤 걸렸다. 스텔라가 중간마다 변경 점과 의문점을 물었고, 그것을 전부 설명하느라 시간이 훨씬 더 걸렸다.

그렇게 빅 스카와의 전투까지 설명했을 때, 스텔라는 한숨을 내쉬며 고개를 저었다.

"믿을 수가 없네……."

그녀는 명백히 달라진 눈빛으로 날 보았다.

놀라움 속에 경외가 담겨 있다.

"달라도 너무 달라. 애초에 노예 수용소에서 지구인이 탈출한 것 자체가 처음이야. 어떻게 그런 일이 가능하지?"

"설명을 들었는데도 믿겨지지 않나?"

"응. 절대 못 믿겠어. 그렇게 빨리 오러를 쌓을 수 있다니……."

그녀는 손을 뻗어 내 몸을 이리저리 쓰다듬기 시작했다. 나는 기분이 빠르게 올라오는 것을 느끼며 헛기침을 했다.

"너무 자극하지 마. 지금 나는 전과 다르니까."

"전과 다르다니, 40대인 문주한 준장님과는 다르다는 거야?"

스텔라는 나지막하게 웃었다. 나도 함께 웃으며 고개를 끄덕였다.

"완전 다르지. 피 끓는 20대 청춘이라고."

"그건 나중에 천천히 확인하면 되겠네. 하지만… 정말 놀라워. 2단계 소드 익스퍼트에, 마력도 400이 넘고… 그리고 최상급 각인 능력들?"

"그래. 바로 그중에 최상급 스캐닝 덕분에 네가 너로 돌아갔다고 생각한 거야."

"어떻게?"

"종족명에 '회귀자'라고 표시되거든."

나는 손가락을 들어 허공에 '회귀자'라는 글자를 그렸다. 스텔라는 탄식하며 고개를 끄덕였다.

"그래, 회귀자라. 정말 나한테 딱 맞는 칭호네. 아… 하지만 나 같은 건 아무래도 상관없어. 중요한 건 당신이야. 거기에 불의 정령왕의 힘이라고? 정령왕에 대한 건 나도 처음 들었어. 이번엔 정말 작정했구나."

"물론 난 처음부터 작정하고 있었지."

"아니, 당신 말고."

스텔라는 손가락으로 하늘을 가리키며 말했다.

"신들 말이야."

"아……."

"누노 없이 회귀를 반복했지만, 이렇게까지 퀘스트나 신에 대한 변화가 생긴 건 처음이야. 스스로 '초월체'라고 밝혔다고? 그 초월체들에게 뭔가 문제가 생긴 걸까?"

"나도 모르지. 하지만 퀘스트 덕분에 여기까지 올 수 있었어."

"그건 좀 더 자세히 알려줘. 최상급 각인 능력이라… 물론 나도 몇 가지는 알고 있지만."

"알고 있다고?"

"최소한 두 사람이 그 경지에 있어. 한 명은 레비의 대신관인 레빈슨, 그리고 제국 황제의 어머니인 유메라 크루이거."

"둘 다 초월체에게 선택을 받은 자란 말이군."

"맞아. 앞으로 경계하는 게 좋을 거야."

그녀는 고개를 끄덕이며 물었다.

"그런데 지금까지는 알았는데, 앞으로는 어떻게 할 생각이야?"

"당연히 수용소부터 해방해야지. 세뇌당한 수백 명의 지구인이 더 강해지면 당해내기 힘들 테니까."

"2년 차에는 그렇게까지 강해진 지구인이 없어. 하지만 경계할 사람들이 있긴 한데… 아니, 그보다는 그다음이 문제네."

"그다음?"

"납치당한 지구인을 해방시키는 것 자체는 간단해. 세뇌를 담당하는 신관을 죽이면 끝이야."

"그럼 곧바로 세뇌가 풀리나?"

"응. 물론 경비가 엄청나지만⋯ 아무튼 성공하고 나면 말이야. 그다음은 어떻게 할 거야? 레비그라스에 납치당한 지구인을 해결한다고 해서 모든 귀환자가 해결되는 건 아니잖아?"

· 68장 ·
카운트다운

확실히 그렇다.

초과학 차원.

그리고 우주 괴수 차원이 남아 있다. 나는 방금 전에 싸웠던 소형 우주 괴수를 떠올리며 물었다.

"스텔라, 혹시 다른 두 차원에 대해서는 뭔가 아는 거 없어?"

"응. 그쪽은 당신이나 나나 똑같아. 나도 지구에 돌아와서 세뇌가 풀린 다음에 접한 정보가 전부니까."

"혹시 보이디아 차원에 대한 이야기는?"

"보이디아? 그건 레비그라스와 연결된 저주의 차원이야. 겔브레스가 그 힘을 다루고."

"보이디아 차원이 바로 우주 괴수 차원이야."

"뭐?"

스텔라는 눈을 크게 뜨며 되물었다.

"정말? 어떻게?"

"내가 마지막 싸움은 설명하지 않았지?"

나는 루도카와의 전투를 짤막하게 설명했다. 스텔라는 연신 탄식하며 고개를 끄덕였다.

"아… 아… 그래… 그렇구나. 그렇게 된 거였어."

"뭔가 떠오르는 게 있어?"

"확신한 건 아니야. 하지만 알 것 같아."

"뭘?"

"이 모든 일의 배후에는 레빈슨이 있어."

나는 입에 고인 침을 삼키며 되물었다.

"레빈슨? 레비의 대신관?"

"응. 그 사람이 모든 일의 원흉이야. 레비그라스 차원도, 보이디아 차원도. 물론 초과학 차원까지는 잘 모르겠지만……."

"어째서 그렇게 되는 건데?"

"나는 다른 각인 능력은 몰라. 하지만 최상급 '전이'의 각인 능력만큼은 알고 있거든."

그녀는 심각한 얼굴로 바닥을 노려보았다.

"최상급 전이의 각인은 바로 차원의 문을 여는 힘이야. 오직 레빈슨만이 그 힘을 가지고 있어. 그가 우리 모두를 레비그라스 차원으로 소환했어. 그러니 루도카를 보이디아 차원으로 보낸 것도 레빈슨일 거야."

나는 잠시 생각하다 말했다.

"지구인을 소환해서 세뇌를 하고, 수련 끝에 강력한 전사로 만들어서 다시 지구로 돌려보낸 것처럼… 루도카를 보이디아 차원에 보내서 힘을 얻게 한 다음에, 다시 역으로 소환한 건가?"

"아마도. 하지만 전에는 이러지 않았어. 보이디아 차원의 힘을 쓰는 건 겔브레스뿐이었어. 이번에 뭔가 달라진 거야."

"그런가……"

나는 주먹으로 입을 막으며 생각했다.

정확히 무엇이 바뀐 건지는 모른다.

문제는 레빈슨이 앞으로 겔브레스 같은 존재를 무수히 만들어낼 수 있다는 사실이다.

혹은 루도카 같은 우주 괴수를.

그렇다면 더욱 시간이 없다. 나는 곧바로 단상에서 일어나며 스텔라에게 손을 내밀었다.

"그럼 일단 돌아가자, 스텔라. 돌아가서 준비를 해야 해."

"어디로 돌아가는데?"

"안전한 곳으로."

뱅가드는 아직 어수선하고 위험했다. 내가 떠올린 곳은 엘프들의 새로운 마을이었다.

＊　　　＊　　　＊

"그렇군. 루도카 황자도 결국 괴물이 되어버렸나……."

팔틱은 하얗게 센 수염을 쓰다듬으며 탄식했다.

"이시테르가 슬퍼하겠군. 유메라 님도."

그들은 신성제국이 자랑하는 아크 위저드들이다. 나는 끝없이 펼쳐진 숲을 바라보며 말을 덧붙였다.

"그리고 선생님도 말이죠."

"그래. 나도 뒷맛이 좋진 않군."

팔틱은 고개를 끄덕였다.

"루도카는 내 마지막 제자였네. 물론 자네를 만나기 전의 일이네만… 뛰어난 재능에 비해 오러의 한계가 너무 일찍 찾아왔지. 여러 재능을 동시에 가진 자의 숙명 같은 거야. 자네 같은 경우는 정말 드물다네."

팔틱은 날 보며 물었다.

"그런데 이제 와서 또 뭘 배우고 싶다는 건가? 주한. 내가 자네에게 가르칠 건 더 이상 없네. 지구식으로 표현하면 '청출어람'이라 할 수 있겠지."

우리가 있는 곳은 그레이 엘프들의 새로운 보금자리가 된 루그란트 숲이었다.

나는 하늘을 올려다보며 대답했다.

"하늘을 나는 법을 가르쳐 주십시오."

그것은 추상적인 개념이 아니었다. 팔틱은 가느다란 눈을 살짝 크게 뜨며 되물었다.

"오러 윙 말인가?"

"네."

"흠, 전에도 말했지만 쓸데없는 기술이네. 마법사와는 달리 정말로 하늘을 나는 것도 아니고."

"기억합니다. 일종의 글라이더 같은 효과죠."

"그런데 굳이 배우려 하나? 효과에 비해 오러의 소모가 극심한 기술이네. 적을 기습하려면 차라리 전력 질주 한 다음에 도약해서 뛰어드는 게 효율적일 걸세."

"당장은 쓸모없더라도, 앞으로의 싸움에서 필요할지도 모릅니다."

나는 우주 괴수와의 전투를 떠올렸다. 팔틱은 어쩔 수 없다는 듯 고개를 끄덕였다.

"그런가… 알겠네. 뭔가 생각이 있으니 배우려고 하는 거겠지. 이것도 완성할 때까지 보통 1, 2년은 걸리는 오러 스킬이네만… 자네라면 순식간에 완성할 수 있을 테지."

그러고는 눈앞에서 직접 오러의 날개를 펼쳐 보였다.

*　　　*　　　*

오러 윙(Aura Wing).

말 그대로 오러를 이용해 날개를 만드는 오러 스킬이다.

하지만 날개만 가지고는 하늘을 날 수 없다. 그렇다고 새처럼 날개를 퍼덕여 날아오를 수도 없다.

결국 두 다리의 힘으로 공중을 향해 뛰어올라야 한다.

2단계 소드 익스퍼트 수준의 근력이라면, 제자리높이뛰기로 20미터는 뛰어오를 수 있다.

멀리뛰기라면 60미터도 가능하다.

이 둘을 조합해 최대한 높고 먼 곳으로 뛰어오른다.

보통은 포물선을 그리며 빠르게 지면으로 추락한다.

오러 윙의 역할은 여기서 추락하는 속도를 늦추는 것이었다.

결국 행글라이더로 높은 곳에서 뛰어내리는 것과 비슷한 효과라고 할 수 있었다.

문제는 이 오러 윙을 만드는 데 엄청난 오러 스텟이 소모된다는 것.

양 날개를 만들어 펼치는 데만 100이 넘는 스텟이 소모된다.

거기에 날개를 계속 유지하는 데도 오러가 필요했다. 결국 전투 그 자체에는 큰 도움이 안 되는데 비해, 오러의 소모가 극심하기 때문에 실전에서는 잘 사용하지 않는다.

하지만 필요하다.

전생에 소드 마스터들은 이 기술을 활용해서 하늘을 자유자재로 날아다녔다. 그런 뛰어난 기동력이 동반되었기에 그토록 거대하고 강력한 우주 괴수에 대적할 수 있던 것이다.

사실 루도카가 변신한 우주 괴수는 매우 작은 사이즈였다.

당연히 앞으로 더 큰 우주 괴수가 나타나지 않으리란 보장은 없었다.

그래서 나는 팔틱에게 특훈을 부탁한 것이다. 훗날 내 오러가 더 강해지면, 나 역시 자유롭게 하늘을 비행할 수 있을지도 모르니까.

그리고 나는 시작한 지 반나절 만에 오러 윙을 완성했다.

＊　　　　＊　　　　＊

그날 저녁, 엘프 마을의 중심부에 있는 마을 회관의 회의실에서 오랜만에 생존자들이 다시 모였다.

인류의 마지막 생존자 네 명이.

"쳇… 어째 재미가 없네."

규호는 시큰둥한 얼굴로 스텔라를 보며 투덜댔다.

"왜 이 아줌마만 자기 몸이래? 게다가 확 젊어졌잖아? 뭐 이렇게 불공평한 게 다 있담?"

"못 본 사이에 많이 컸네, 규호."

스텔라는 희미하게 웃으며 화답했다. 그러자 반대편에 앉은 박 소위가 한숨을 내쉬며 말했다.

"대략… 어떻게 된지 알겠습니다. 스텔라, 당신은 수백, 아니, 수천 번 동안 계속해서 회귀했던 거군요. 같은 시간대에, 같은 몸으로 말이죠."

"맞아, 박 소위. 그런데 계속 박 소위라고 불러도 돼?"

스텔라는 박 소위를 보며 눈살을 찌푸렸다.

"전과 너무 달라졌어. 어디 아랍 세계의 중년 석유 부자처럼 변했네."

"제가 아무리 달라졌어도 규호만 하겠습니까?"

박 소위는 쓴웃음을 지으며 말했다.

"저는 회귀의 반지에 대해 가설을 세웠습니다. 자신의 힘을, 정확히는 자신의 영혼이 가진 힘을 최대한 활용할 수 있는 육체로 회귀한다 말이죠."

"그거 재밌는 이론이네."

"전생에 제 힘은 모두 기계로 대체한 몸에서 나왔습니다. 당연히 회귀한 이후에는 소용이 없죠. 그래서 육체적인 힘과는 전혀 상관없는, 가장 부유한 자의 몸을 차지한 겁니다."

"네 이론에 따르면 말이지?"

"네. 제 이론에 따르면 말이죠."

"…크로니클이라는 회사에 대해선 들어본 적 있어."

스텔라는 잠시 생각하다 말했다.

"자유 진영의 멸망을 막기 위해 끝까지 저항했던 기업이야.

하지만 결국 막지 못했어."

"지금은 다릅니다. 제가 차지했으니까요."

"하지만 당신의 말대로라면, 지금까지 내가 데려간 수많은 인간 중에 상당수가 글라시스 회장의 몸으로 회귀했을 거야. 안 그래?"

"그건… 확실히 그렇습니다만."

박 소위는 허를 찔린 듯 잠시 주춤거렸다.

"물론 결정적인 건 준장님의 존재겠죠. 저보다는."

"미안. 당신을 폄하하려고 그런 건 아니야."

스텔라는 그늘진 웃음을 지었다.

"그리고 당신 말이 맞아. 회귀의 반지는 사용자를 그에게 가장 중요한 육체로 전생시켜."

"정말입니까!"

박 소위는 자리에서 벌떡 일어나며 소리쳤다.

"그런데 왜 그 말을 하지 않았습니까! 우리들이 반지를 끼기 전에 말입니까!"

"왜냐하면 나도 확인은 못 했으니까."

스텔라는 우리 세 사람을 천천히 둘러보며 말했다.

"정작 회귀자와 재회한 건 이번이 처음이거든. 그러니 정말 '가장 중요한 육체'로 전생했는지 아닌지 확인할 수가 없었어."

"그런… 그럼 처음부터 회귀의 반지가 그에게 가장 중요한 육체로 전생시킨다는 건 어떻게 아셨습니까?"

"나도 몰라."

스텔라는 고개를 저었다.

"그냥 알고 있어. 처음에는 이유도 알고 있었을지도 몰라. 하지만 지금은 잘 모르겠어."

"처음이라니요?"

"내가 처음 회귀를 시작했을 때. 수백 번 전인지, 수천 년 전인지 모르겠지만."

"아……."

박 소위는 한숨을 내쉬며 고개를 저었다.

"어쨌든 알겠습니다. 같은 의미로 규호 역시 워울프의 왕인 '큰이빨'의 육체로 회귀했습니다. 여러 가지 면에서 적절한 인선이라 할 수 있겠죠. 일단 기본적인 신체 능력이 인간보다 월등합니다. 그리고 규호는 원래 각성자로 1단계 오러 유저 정도의 힘을 가지고 있었죠. 큰이빨 역시 그와 비슷한 오러를 갖춘 상태였습니다."

"힘을 다루기에 적합하다는 건가?"

"네. 그리고 준장님 역시 가지고 계신 오러에 대한 지식을 최대한 활용할 수 있는 육체로 회귀하셨습니다. 레너드라는 지구인으로 말이죠. 일단 오러를 처음 각성한 이후로 엄청난 속도로 성장하셨죠."

"맞아. 나도 놀랄 정도로."

스텔라는 고개를 끄덕였다. 박 소위는 그런 스텔라를 보며 의문을 표했다.

"하지만 스텔라, 당신은 왜 계속 그 육체로 회귀하는 겁니까?"

"응?"

"그 육체에 어떤 이득이 있습니까? 뭐가 중요합니까? 물론 재능은 있죠. 제가 기억하는 거라면… 당신은 3단계 오러 유저이며 동시에 미들 위저드였습니다. 하지만 그 정도로는 부족하지 않습니까? 그리고 더 중요한 건."

박 소위는 말을 끊고 그녀를 노려보았다.

"당신은 항상 세뇌를 받은 상태였다는 겁니다. 그건 매우 심각한 마이너스 요소입니다. 그렇지 않습니까?"

"맞아. 난 언제나 세뇌를 받은 상태로 수용소에서 6년 정도를 보냈어."

스텔라는 고개를 끄덕였다.

그리고 고개를 저었다.

"하지만 나도 몰라. 이 몸에 무슨 의미가 있는지."

"당신이 모르면 누가 압니까? 이것도 오래전에는 알고 있었지만 잊어버리신 겁니까?"

"박 소위."

나는 박 소위의 말을 끊었다.

"지금은 그런 걸 따질 때가 아니지 않나? 어차피 따져봐야 의미도 없고."

"…죄송합니다. 좀 흥분해서."

박 소위는 고개를 숙였다.

하지만 물러서지 않고 다시 질문했다.

"하지만 의미가 있는 질문도 있습니다. 스텔라, 당신은 왜 동시에 여러 명을 시도하지 않은 겁니까?"

"뭐?"

"회귀의 반지 말입니다. 당신은 회귀를 할 때마다 다른 사람을 선택했다고 하셨습니다. 그냥 선택하지 말고 그 시점에 살아 있는 모든 사람에게 회귀의 반지를 끼우게 했으면 어땠을까요?"

"그것도 해봤어."

스텔라는 짧게 대답했다.

박 소위는 눈살을 찌푸리며 되물었다.

"방금 뭐라 하셨습니까?"

"그것도 해봤다고. 근데 변화가 없었어. 나는 알고 있거든. 내가 특별한 일을 하지 않고, 결국 혼자 회귀의 반지를 꼈을 때 어떤 식으로 역사가 전개되는지."

"그럼 수백, 아니, 수천 명을 회귀시켜도 차이가 없다는 말입니까?"

"가장 많이 보냈던 건 90명이지만."

그녀는 쓸쓸한 얼굴로 과거를 회상하며 말했다.

"그 이상의 사람들은 설득할 수가 없었어. 한 번에 말이야."

"설득이 아니라, 그냥 진실을 말하고 전 세계에서 회귀자를 모집하면 되지 않습니까? 모르긴 몰라도 수천 명은 모였을 텐데요?"

"근데 실제로는 그렇게 안 되더라."

스텔라는 고개를 저었다.

"모든 사실을 밝히고 공개 모집을 한 적도 있었어. 하지만 대부분이 내 말을 안 믿어줬어. 난 귀환자였으니까. 세뇌에서 풀린 것처럼 위장하고 인류 저항군을 파멸시킨다고 공격하더라."

"아……."

"그리고 내 손에 회귀의 반지가 들어올 때쯤 되면… 이미 인류는 돌이킬 수 없는 상태까지 파멸한 상태가 돼. 그러니 내가 뭘 어쩔 수 있겠어? 내가 할 수 있는 거라곤……."

그녀는 날 바라보며 빙긋 웃었다.

"끝까지 살아남을 사람을 선택하는 것뿐이야. 그 지옥 같은 지구에서, 그 정도는 되어야 회귀하더라도 뭔가 의미 있는 변화를 가져올 수 있을 테니까."

"그래서… 이번엔 준장님을 선택하셨던 거군요."

박 소위는 한숨을 내쉬었고, 스텔라는 고개를 끄덕였다.

"주한은 리더였어. 하지만 결코 훌륭한 리더는 아니었어."

"무슨 말씀을, 준장님은 제가 알고 있는 가장 뛰어난 리더입니다."

"그렇지 않아. 주한은 수많은 실수와 실패를 반복했어. 그래서 처음엔 별로 주목을 하지 않은 거야. 그런데 회귀가 반복되고… 후보자들이 하나씩 탈락하면서 좀 특이한 걸 알게 됐어."

"특이한 거라면?"

"신기하게 오래 살아남더라."

스텔라는 웃었다.

"항상 악착같이 버티고 살아남아. 자신의 밑에 있는 부하들을 이끌고 꽤나 오래 말이야."

"2041년까지 말입니까?"

"아니, 2041년은 이번이 처음이었어."

스텔라는 고개를 저으며 말했다.

"그리고 아까 말했듯이 회귀자와 다시 만난 것도 이번이 처음이야. 지금까지 단 한 번도… 내 앞에 자신의 이름을 대고 나타난 사람은 없었어."

"그렇게 많은 회귀를 반복했는데도 말입니까?"

"응. 자유 진영 전체가 세뇌당한 지구인에게 멸망하니까. 다들 그 전란에 휘말려 죽었겠지."

그녀는 자조적으로 웃으며 말했다.

"그러니 이번이 얼마나 특별한지… 새삼 말할 필요는 없을 거야. 난 반복되는 과거에는 질렸어. 지금부터는 미래에 대해서 말하면 안 될까?"

그러고는 깊은 눈으로 박 소위를 응시했다.

박 소위는 그녀의 시선을 피하며 한숨을 내쉬었다.

"후… 알겠습니다. 그럼 준장님과 스텔라가 엘프 마을에 돌아온 이후에 벌어진 일을 간략하게 설명하겠습니다."

그는 미리 챙겨 온 종이 한 장을 테이블 위로 꺼냈다.

"우선 켈리런에서 벌어진 회의는 성공적으로 끝났습니다. 이건 합의문의 사본입니다. 자유 진영 전체가 군대를 소집해 링카르트 공화국에 집결시기로 합의했습니다."

"그럼 전면전인가?"

내가 물었다. 박 소위는 고개를 끄덕였다.

"네. 제국의 주력군은 대부분 링카르트 공화국과의 국경 지대에 배치되어 있습니다. 일단 밀고 들어가면 전면전이 벌어지겠죠."

"그사이에 우리들은 지구인 수용소를 공격해야겠군."

나는 스텔라를 돌아보며 물었다.

"스텔라, 수용소에 세뇌당해 있을 때의 기억이 남아 있나?"

"대충은. 하지만 내가 있던 곳은 일반 노예 수용소였어. 상급 수용소나 최상급 수용소까지는 자세히 몰라. 다들 근처에 모여 있긴 하지만."

"경비 규모는?"

"레비의 대신전에 있는 거의 모든 신관과 경비가 아닐까? 가장 경계할 건 하이 템플러겠지."

"레비의 대신전이 보유한 기사단 말이죠."

박 소위가 말했다. 스텔라는 고개를 끄덕이며 설명했다.

"1단계 소드 익스퍼트가 스무 명. 2단계 소드 익스퍼트가 다섯 명 정도 있어. 최소한의 오러를 다룰 줄 아는 신관이나 병사들은… 다 합쳐서 600명 정도 될까? 그냥 힘없는 경비병도 천 명은 되고."

"제가 확인한 정보보다 더 많군요. 엄청난 규모입니다."

박 소위가 혀를 내둘렀다. 그러자 잠자코 있던 규호가 손톱을 세우며 으름장을 놓았다.

"그래봤자 빅 스카나 스몰 스카만 하겠어? 한 번에 다 쓸어버릴 테니까 걱정하지 말라고."

"그런 걱정은 안 해. 하지만 규호야, 문제는 지구인이다."

나는 규호를 보며 경고했다. 규호는 커다란 이빨을 드러내며 고개를 끄덕였다.

"물론 그렇겠지. 귀환자들 아냐? 그래도 소드 마스터는 없지?"

"소드 마스터가 문제가 아니야. 저들이 지구인을 방패막이로 쓰는 상황 자체가 문제라는 거다."

"그냥 다 죽이면 안 되나?"

규호는 거침없이 물었다. 나는 잠시 생각하다 고개를 저었다.

"구할 수 있는 한, 구해야 한다."

"왜? 어차피 내버려 두면 나중에 지구로 돌아와서 그 짓거리를 또 할 거 아냐?"

"무조건 살려야 한다는 이야기는 아니다. 하지만 생각해 봐라. 적일 때는 최악의 적이지만, 아군이 되면 최고의 아군이 되지 않겠나? 무사히 해방시켜서 자유 진영으로 데려오면 말이다."

나는 스텔라를 보며 물었다.

"스텔라, 세뇌를 담당하는 신관들만 죽이면 세뇌는 확실하게 풀리는 건가?"

"응. 풀려."

"신관을 죽이지 않고 푸는 방법은?"

"처음부터 방법을 알고 있으면 세뇌가 깊게 안 걸려. 자기가 좋아하는 것, 소중한 걸 계속 생각하고 있으면… 하지만 누군가 그렇게 하고 있다 해도 구분할 수는 없겠지. 시간도 오래 걸리고."

"그건 전에도 들었지. 그 밖에는?"

"목소리에 반응해. 그 사람이 아끼거나 사랑하는 사람의 목소리에. 하지만 여기서는 무리겠지? 지구라면 몰라도. 물론 그것조차 확실하진 않아. 인류 저항군일 때 많이 해봤잖아?"

"그렇다면… 결국 신관을 죽이는 수밖에 없군."

나는 입술을 깨물었다. 스텔라는 박 소위의 앞에 놓인 종이를 끌어당기며 물었다.

"박 소위, 혹시 펜 있어?"

"있습니다."

박 소위는 품속에서 만년필 같은 펜을 꺼내 내밀었다. 스텔라는 종위 뒷장에 그림을 그리며 말했다.

"이게 대신전의 대략적인 평면도야. 세뇌를 담당한 신관들은 모두 여기, 지하 1층의 특수 구역에 격리되어 있어."

"항상 거기에 있나?"

"대부분."

"숫자는?"

"약 300명. 한 명의 세뇌를 유지하려면 세 명의 신관이 필요하거든."

"그렇다면 세뇌 중인 지구인의 숫자는 백 명이란 건가……."

"내가 속해 있던 일반 팀이 50명 정도였어. 상급은 40명, 최상급은 10명 정도 될 거야."

"신관과 지구인이 멀리 떨어져 있어도 상관없고?"

"상관없지. 서로 다른 차원에 있어도 세뇌가 유지될 정도잖아?"

스텔라는 한쪽 어깨를 으쓱였다. 나는 고개를 끄덕이며 처음부터 지금까지 남아 있는 세 번째 퀘스트를 떠올렸다.

퀘스트3: 레비교의 대신전을 파괴하라(상급)

'지구인들을 해방시킴과 동시에 이 퀘스트도 해결되는 걸까?'

그러고 보니 최근 들어 새로운 퀘스트가 발생하지 않았다. 나는 품속에 있는 시공간의 주머니를 의식하며 생각했다.

'더 이상 초월체들에게 여력이 남아 있지 않은 걸까? 이미 성물 중에 하나가 파괴되기도 했고…….'

"음, 하지만 대신전과 수용소는 거리가 상당히 떨어져 있습니다."

박 소위는 헛기침을 하며 화제를 돌렸다.

"그렇다면 양동작전을 펼쳐야 합니다. 주력이 대신전을 습격해서 세뇌를 담당하는 신관들을 해치우는 사이에⋯ 수용소에 미리 대기 중인 양동 병력이 수용소를 해방시키며 지구인들을 무사히 빼내 와야 할 테니까요."

"그래야 되겠지. 세뇌에서 풀린 순간 수용소는 난리가 날 테니까."

"자유 진영과 신성제국의 전면전은 보름 후부터 시작됩니다. 전쟁이 본격화되면 레비의 대신전도 끝까지 시치미를 떼고 있을 수는 없겠죠. 분명 일정한 전력을 전쟁에 투입할 겁니다."

"그만큼 대신전이나 수용소의 방어가 약해지겠군. 그래서 디데이(D-DAY)는 언제인가?

"오늘부터 20일 후입니다."

박 소위는 이미 날짜까지 정해놓고 있었다.

"물론 상세한 작전 내용은 지금부터 정해야겠습니다만⋯ 수용소 해방 작전 자체는 20일 후에 시작하는 게 최적입니다."

"하지만 작전지에 도착할 때까지의 시간도 고려해야겠지."

"이미 '사막'의 중심부에 거점을 세우고 텔레포트 게이트를 만들었습니다. 이동 시간 자체는 최대한으로 잡아도 이틀이 안 걸릴 겁니다."

사막은 과거에 내가 있던 노예 수용소와 뱅가드의 사이에 있는 샌드 웜의 사막이다. 나는 한 달 이상 고생하며 그곳을 탈출했던 기억을 떠올리고는 쓴웃음을 지었다.

"사막 한가운데 거점이라니. 샌드 웜이 위험하지 않나?"

"그 정도는 사냥할 수 있는 호위 병력이 대기 중입니다. 일의 강도를 고려해서 1년 치 급료를 일시불로 지급했습니다."

"고생이 많겠군……."

"사실 샌드 웜 킹이 잡힌 이후로 샌드 웜들의 활동 자체가 뜸해졌습니다. 차라리 활발하게 나와줬다면 도움이 되었을 텐데 말이죠."

"도움? 그게 무슨 소리지? 크로니클에 자금이 부족하나?"

"하하… 그럴 리가요."

박 소위는 손사래를 치며 말도 안 된다는 듯 웃었다.

"몬스터를 잡으면 오러나 마력의 최대치가 오르니까요. 남은 시간 동안 준장님의 힘을 조금이라도 높일 수 있지 않을까 해서 꺼낸 이야기입니다."

"지금 주한은 어지간한 몬스터를 잡아도 스텟이 오르지 않아."

그러자 갑자기 스텔라가 끼어들었다.

"강해지면 강해진 만큼 더 강한 몬스터를 잡아야 해. 그러니 샌드 웜 정도로는 효과가 거의 없을 거야."

"그럼 어쩔 수 없겠군요."

박 소위는 눈살을 찌푸리며 아쉬운 표정을 지었다.

"나름대로 자유 진영에 서식하는 몬스터의 리스트를 뽑아 봤습니다만… 대부분 샌드 웜과 비슷한 수준입니다. 기껏해야 약간 더 강한 정도죠."

"아니야. 그래도 안 하는 것보단 낫겠지. 앞으로 20일이나 남았으니 최대한 오러 스텟을 높여놔야 해."

내가 말했다. 박 소위는 뒷머리를 긁적이다 물었다.

"명상이나 훈련을 통한 수련으로는 더 이상 오러가 오르지 않습니까?"

"명상은 거의 안 돼. 훈련도 전처럼 눈에 띄게 오르지는 않는 것 같고."

"아직 고행은 해본 적 없지?"

스텔라가 물었다. 나는 그녀를 보며 되물었다.

"고행? 무슨 고행 말이지?"

"말 그대로 고행. 몸을 괴롭히는 행위."

"…그거라면 빅 스카를 잡을 때 이가 갈리도록 해봤지."

나는 치를 떨며 고개를 저었다. 스텔라는 한동안 날 바라보다 다시 물었다.

"며칠 전에 작은 우주 괴수를 잡았을 때는 확실히 올라갔고?"

"그래. 여러 사람이 동시에 참전한 바람에 효과가 좀 떨어졌지만."

"그럼 결국 몬스터 사냥이 답이겠네."

그녀는 미소를 지으며 말했다.

"내가 몇 군데 아는 곳이 있어. 거기 가면 당신의 오러를 높여줄 만큼 강력한 몬스터를 만날 수 있을 거야."

"아니, 잠시만요, 스텔라."

그러자 박 소위가 득달같이 부정했다.

"그럴 리 없습니다. 자유 진영에 서식하는 몬스터의 수준은 대부분 거기서 거기입니다. 물론 드물게 강력한 몬스터가 출현한다고 합니다만, 지금은 시기가 맞지 않습니다."

"자유 진영이 아니야."

스텔라는 고개를 저으며 말했다.

"레비그라스에서 강력한 몬스터는 대부분 신성제국의 영토 안에 살고 있어."

"저도 압니다. 하지만 작전을 결행하기도 전에… 단지 몬스터를 사냥하기 위해 신성제국에 난입하자는 말입니까?"

"왜 못해? 어차피 신성제국이라고 해도 사람이 사는 곳 아니야? 국경만 잘 통과하면 문제없이 들어갈 수 있어."

"잠깐, 지금 혹시 말씀하시는 곳이 기가트란 고원은 아니겠죠?"

"왜 아니겠어? 거기도 좋은 후보지야."

스텔라는 미소를 지으며 말했다.

"거기 가서 드래곤을 잡으면 돼. 그럼 빠르게 오러를 높일 수 있을 거야."

"그런 무책임한 말이 어디 있습니까!"

박 소위는 자리에서 벌떡 일어나며 소리쳤다.

"최근 백 년간 드래곤이 목격되었다는 이야기는 한 번도 없었습니다. 이제 와서 거기 간다고 드래곤이 정말 있을지 누가 압니까!"

"무슨 소리야, 박 소위."

스텔라는 고개를 옆으로 기울이며 이상하다는 표정을 지었다.

"당신 벌써 잊었어? 인류 저항군 시절을?"

"아니……"

"그때 지구에 소환된 드래곤을 사냥했었잖아? 저항군이 상대한 건 귀환자뿐이 아니라고."

박 소위는 충격을 받은 듯한 표정이었다. 스텔라는 그런 박 소위를 한참 동안 바라보다 고개를 끄덕였다.

"아무래도 새로운 육체에 너무 깊이 동화됐나 보네. 드래곤은 당연히 있어. 있으니까 그걸 포획해서 지구로 보낸 거지."

"그래도 그걸… 그렇게 쉽게 발견해서 사냥할 수 있는 겁니까?"

"물론 쉽진 않겠지. 하지만 어떻게 불러내는지는 알아."

"어떻게 알고 계십니까?"

"해봤으니까."

스텔라는 가만히 웃으며 말했다.

"나는 세뇌당한 상태로 몬스터를 포획하는 일도 해봤어. 오우거, 비홀더, 웜, 드래곤… 말만 해. 어디든지 데려다줄 테니까."

"황제 폐하는 오늘도 나오지 않으신 건가?"

"그래도 총애하던 둘째 황자의 장례식인데……."

"소문에는 제국 재상과 삼군 총사령관이 모든 일을 도맡아 하고 있다던데… 역시 건강이 심각하신 것 같아."

"그런데 황자의 시신을 수습하지 못했다며?"

"맞아. 관 속에는 유품으로 챙겨 온 칼 한 자루뿐이라더군."

"그 루도카의 최후가 이렇게 초라할 줄이야……."

장례식에 참석한 수많은 조문객이 낮은 목소리로 소곤거렸다.

이곳은 신성제국 알카노이아의 성도(聖都) 류브에 있는 야외 장례식장이었다.

장소는 레비의 대신전에 있는 정원으로, 이곳에서 장례식을 치를 수 있는 것은 대신전의 고위 신관이나 신성제국의 황족 뿐이었다.

이번 장례식의 주인공은 신성제국의 황자인 루도카였다.

하지만 관 속에는 루도카의 시체가 없었다. 유품을 수습해 온 겔브레스의 보고에 따르면, 루도카는 시체조차 남기지 못한 채 폭사(爆死)한 상태였다.

대신관의 추도식이 끝난 이후, 방문객들이 길게 줄을 서 관 주변에 꽃을 바치기 시작했다.

오늘은 장례식이 시작된 지 사흘째이자 마지막 날이었다. 방문객들의 헌화가 끝나면 곧바로 관이 이동되어 제국 황실의 가족묘에 묻히게 된다.

"겔브레스, 루도카 황자님은 당신보다 훨씬 더 강했겠죠?"

레빈슨은 관에 꽃을 바치는 방문객들을 보며 물었다.

"그분의 마지막을 정확히 알려주시지 않겠습니까? 앞으로를 위해서라도 꼭 알아둬야 할 것 같습니다."

"…이런 곳에서 말입니까?"

옆에 앉은 겔브레스는 무표정한 얼굴로 되물었다.

그들이 앉아 있는 곳은 장례식장의 한편에 있는 귀빈석이었다. 대신관은 뒷자리에 앉은 채 고개를 숙이고 있는 황족들을 돌아보며 대답했다.

"무슨 상관입니까? 어차피 저들은 우리 이야기를 이해하지 못할 텐데요."

"대신관님이 상관없다면 저도 상관없습니다. 하지만 제가 본 것은 마지막뿐입니다."

"마지막이라면?"

"문주한이 황자님께 최후의 일격을 날리던 그 순간 말입니다. 그자는 실로 강력했습니다. '그 짙고 두꺼운 어둠'을 모두 날려 버린 후에 황자님의 본체에……"

"제가 알고 싶은 건 그런 게 아닙니다."

대신관은 고개를 저으며 말했다.

"문주한이 얼마나 강한지는 상관없습니다. 제가 궁금한 건 루도카 황자가 어떻게 변했으며, 또 죽기 전에 어떻게 변했는 지입니다."

"……"

젤브레스는 잠시 침묵하다 물었다.

"대신관님, 당신도 보이디아 차원에 직접 다녀오시지 않았 습니까?"

"물론입니다. 비록 5분도 안 되어 다시 돌아왔지만요."

대신관은 웃으며 대답했다.

그리고 품속에서 작은 알약을 꺼내 입안에 던져 넣었다.

"그 뒤로 계속 이 약을 먹게 되었죠. 당신만큼 필수적인 건 아닙니다만… 그래도 먹지 않으면 점점 어두워집니다."

"어둠을 너무 두려워할 필요는 없습니다."

"물론입니다. 빛의 신의 사도로서 어둠을 두려워해선 안 되죠. 하지만 완전히 먹혀 버리는 건 별개의 이야기입니다."

"아무튼 직접 가셨으니 보셨겠죠. '먹혀 버린 자'의 모습을."

"네, 봤습니다."

레빈슨은 눈을 가늘게 뜨며 말했다.

"황자 역시 그렇게 되었습니까?"

"네. 비록 잠시밖에 못 봤습니다만, 실로 깊고 웅장한 어둠이었습니다."

무표정하던 겔브레스의 얼굴에 희미한 미소가 번졌다. 레빈슨은 가볍게 헛기침을 하며 말했다.

"겔브레스, 혹시 오늘 약을 복용하지 않으셨습니까? 어둠에 먹힌 자는 어둠을 평가할 수 없습니다. 더 늦기 전에 하나 드시는 게 좋겠군요."

그는 겔브레스에게 약통을 건네주며 자리에서 일어났다.

"그럼 저는 이만 돌아가 보겠습니다. 당신을 위해서라도 '약을 얻으러' 가봐야겠군요."

"살펴 다녀오십시오."

겔브레스는 고개를 끄덕였다.

그리고 얼마나 시간이 지났을까.

딸깍…….

그는 쥐고 있던 약통을 바닥에 떨어뜨리며 중얼거렸다.

"역시 사흘째가 방문객이 가장 많은가……."

황자의 관에 헌화하는 방문객의 줄은 줄어들 줄을 몰랐다. 그리고 그 순간, 갑자기 황자의 관이 흔들렸다.

덜컹…….

"꺄아아아악!"

마침 관 주변에 꽃을 내려놓은 귀부인이 비명을 지르며 뒤로 물러났다.

그와 동시에 관 뚜껑이 박살 나며 무언가 공중으로 치솟아 올랐다.

그것은 칼이었다.

루도카의 유품인, 황제가 직접 하사한 명검.

그 칼의 주변으로 불길한 검은 기운이 넘쳐흐르기 시작했다.

"황자님의 유품이!"

"뭐냐, 저건! 뭐가 어떻게 된 거야!"

"저주술사인가? 대체 누가 저런 불경한 짓을!"

곧바로 장례식을 경비하던 제국 기사들이 우르르 몰려들었다. 하지만 막상 그들도 공격을 주저할 수밖에 없었다.

누가 뭐래도 저것은 죽은 황자의 마지막 남은 유품이다. 함부로 공격했다가 박살 나기라도 하면 경을 칠지도 모른다.

그런 그들의 주저가, 그들의 목숨을 빼앗았다.

푸확!

칼날에서 튀어나온 몇 가닥의 촉수가 기사들의 명치를 꿰뚫었다.

설마하며 오러를 발동시키지 않았던 것이 실수였다. 남은 기사들은 동료의 죽음을 교훈 삼아 즉시 오러를 발동시켰다.

그리고 공중에 떠 있는 루도카의 검을 향해 컴팩트 볼을 날렸다.

콰과과과과과과과과광!

폭발은 강렬했다. 기사들은 칼에 서린 검은 기운이 명백하게 줄어든 것을 확인하며 한시름 놓았다.

"좋아! 내가 신호하면 한 번 더 일제히 공격한다!"

장례식 경호의 총책임을 맡은 노기사가 손에 쥔 검을 치켜들며 소리쳤다.

하지만 신호는 나오지 않았다. 곧바로 등 뒤에서 날아든 검은 기운이 노기사의 몸을 휘감아 삼켜 버렸기 때문이었다.

"역시, 약을 안 먹으면 어둠의 망토가 더 강해지는군……."

젤브레스는 의자에서 몸을 일으키며 중얼거렸다.

동시에 당황한 다른 기사들을 무차별적으로 공격하기 시작했다.

"으아아아악!"

"뭐, 뭐야! 이 검은 힘은!"

"적이다! 적이 잠입했다!"

"저 신관이야! 귀빈석의 신관을 잡아!"

겔브레스의 존재 자체를 잘 모르던 기사들은 그저 속수무책으로 당할 뿐이었다.

하지만 겔브레스는 지난 사흘 동안 지금 이 순간을 계획하며 준비하고 있었다. 그는 순식간에 기사들을 제압한 다음, 하늘에 떠 있는 루도카의 검을 향해 걸어가기 시작했다.

"역시… 완전히 소멸하신 게 아니었군요."

그는 칼을 올려다보며 안도의 한숨을 내쉬었다.

"루도카 황자님, 저는 그 순간에 당신을 느낄 수 있었습니다. 그래서 치욕을 감수하며 그 자리를 회피했던 겁니다. 오직 당신을 위해서, 이 레비그라스에 강림한 최초의 어둠을 되살리기 위해서……."

하지만 칼에 서린 검은 기운은 겔브레스에게 칭찬 대신 촉수를 뻗었다.

그리고 겔브레스는 양팔을 벌려 그것을 받아들였다.

"황자님, 제가 품은 어둠을 전부 가져가십시오."

푸확!

촉수는 겔브레스의 명치를 관통한 다음, 그대로 그의 몸에 번지며 빨아들였다.

동시에 검은 기운 전체가 부풀어 오르며 확장하기 시작했다.

구구구구구구구…….

마치 지진이라도 난 것처럼 장례식장 전체가 뒤흔들리기 시작했다.

그리고 사람들은 비명을 지르며 도망쳤다.

하지만 무의미한 짓이었다. 젤브레스를 흡수한 검은 기운은 순식간에 사방으로 퍼지며 주변에 있는 모든 것을 삼키기 시작했다.

*　　　*　　　*

"몇 번이나 죽어봤어?"

스텔라가 물었다. 나는 순간 경직되었다.

"…뭐라고?"

"시공간의 축복 말이야. 레비그라스에 회귀한 이후로 얼마나 죽어봤어?"

그녀는 아무렇지도 않게 물었다. 나는 혼란을 느끼며 잠시 고민했다.

"내가 그 이야기를… 했던가?"

"무슨 이야기? 회귀한 직후에 특별한 힘을 얻었던 이야기? 죽어도 5분 전으로 다시 살아나는 이야기?"

그녀는 알고 있었다.

하지만 내 기억이 맞는다면, 나는 말한 적이 없다.

일부러 감추려던 건 아니었다. 하지만 박 소위나 규호에게도 말하지 않았기 때문에, 일부러 먼저 이야기를 꺼내진 않았다.

"아, 다른 사람에게도 말하지 않았구나."

스텔라는 웃으며 고개를 끄덕였다.

"그래, 그게 낫지. 말한다고 쉽게 믿어주지도 않을 테고."

나는 마른침을 삼키며 물었다.

"시공간의 축복을 알고 있어?"

"당연히 알고 있지. 그건 가장 먼저 반지를 낀 사람에게 주어지는 능력이야."

그녀는 반지를 끼우는 시늉을 했다.

"그리고 상급 스캐닝도. 목표의 모든 정보를 확인할 수 있게 되잖아? 기본 스텟과 특수 스텟 말고, 쓸 수 있는 각인 능력이나 마법이나 기술까지 전부."

"아… 그렇지."

"나도 많이 가져봤어. 하지만 언제나 세뇌를 당한 순간으로 회귀하잖아? 그래서 정작 중요할 때는 쓸데가 없더라."

"그럼 회귀의 반지를 처음 끼는 사람은 무조건 시공간의 축복과 상급 스캐닝을 얻게 된다는 건가?"

"맞아. 하지만 계속 유지는 안 돼."

"유지?"

"내가 먼저 회귀의 반지를 껴서 능력을 얻게 되더라도, 그 다음에 또다시 반지를 끼우면… 그러니까 처음이 아니면 능력이 사라져."

"아, 그런 의미였군."

나는 고개를 끄덕였다.

각인은 영혼에 새겨지는 능력이다.

덕분에 스캐닝의 각인을 받았던 규호는 워울프로 회귀한 이후에도 여전히 스캐닝을 쓸 수 있었다.

"그래서 물어본 거야. 몇 번이나 죽어봤냐고. 정작 나는 한 번도 못 죽어봤거든."

"한 번도 못 죽어봤다고?"

"말했잖아. 나는 어지간해서는 죽게 되지 않아."

그녀는 그늘진 얼굴로 말했다.

"불사신이라든가… 그런 건 아니야. 그냥 목숨이 달아날 상황과 잘 안 마주쳐. 진짜 위험한 상황에 처해도 어찌어찌 목숨은 건지고. 대신 팔다리가 날아가거나 심각한 부상을 입은 적은 있지만. 그래도 결국 살아남아서 반지를 손에 넣게 돼."

"신기하군. 회귀의 반지의 가호라도 받고 있는 건가?"

회귀의 반지는 운명의 신인 젠투의 대신전에 보관되어 있었다.

그렇다면 초월체가 그녀를 '죽지 않게 되는' 운명으로 이끌고 있을지도 모른다.

스텔라는 미소를 지으며 고개를 저었다.

"나도 몰라. 정말 오랫동안 생각해 봤는데 답을 모르겠어."

"답을 알고 있는 건 초월체뿐이겠지."

"그러고 보니 직접 만났다고 했지? 초월체라… 그렇게 부르는 것도 처음 알았어. 나도 한번 만나봤으면 좋겠네. 꼭 물어보고 싶은 게 있거든."

그녀는 거기까지 말하고는 입을 다물었다.

물론 그녀의 질문이 무엇일지는 듣지 않아도 알 수 있었다.

왜?

나는 왜 계속 이렇게 되는 거지?

'사실 나도 그게 가장 궁금하다. 다음에 초월체를 만나게 되면 대신 물어봐 줘야겠군.'

나는 속으로 다짐하며 정면을 바라보았다.

탁 트인 드넓은 고원이 눈앞에 펼쳐져 있었다.

기가트란 고원.

신성제국의 영토 깊숙한 곳에 있는 변방으로, 인간의 접근이 금지된 몇 개의 비경 중 하나다.

놀라운 건 엘프의 마을에서 여기까지 오는 데 고작 나흘밖에 걸리지 않았다는 것.

모든 것이 박 소위의 힘이었다.

그는 자신이 가지고 있는 모든 인맥과 자금과 정보를 동원했다. 우리는 경비가 가장 소홀한 국경을 지나, 현지에 있는 전문 브로커 겸 가이드를 통해 수십 개의 텔레포트 게이트를 순식간에 통과했다.

"차원경은 신성제국에서 금지되어 있습니다. 하지만 금지된 물건일수록 더 간절하게 원하는 사람들이 있죠. 주로 부자들입니다만… 어쨌든 그들을 위해 제국령 내에 밀수 루트를 뚫어놓았습니다."

박 소위는 바로 그 루트를 적극적으로 활용했다.

또한 신성제국의 텔레포트 게이트망이 자유 진영의 여느 대도시 못지않게 촘촘하다는 것도 주효했다.

그것은 어찌 보면 당연한 일이었다. 텔레포트 게이트의 능력을 부여하는 '전이의 각인'을 내리는 곳이 바로 '레비의 대신전'이기 때문이다.

다만 기가트란 고원 자체는 출입이 금지된 곳이라 우리는 고원과 가까운 도시에서 몰래 빠져나와 이동해야 했다.

스텔라는 목적지까지의 정확한 길을 알고 있었다.

거기에 내가 가진 맵온의 각인이 더해지니 완벽했다. 덕분에 우린 출발한 지 나흘 만에 기가트란 고원의 한복판까지 단숨에 올라 경치를 감상할 수 있었다.

"원래 이 고원의 진입로마다 제국군이 경비를 서고 있었어. 며칠 간격으로 고원을 돌면서 순찰도 하고. 그런데 지금은 없네. 자유 진영과 전쟁이 터져서 그런 걸까?"

스텔라는 멀리 움푹 팬 분지를 바라보며 말했다.

기가트란은 해발 천 미터에 위치한 고원으로, 총넓이가 2만 제곱킬로미터에 달하는 드넓은 지형을 자랑했다.

그리고 레비그라스 차원에서 유일하게 '정기적'으로 드래곤이 출몰하는 장소였다.

당연히 민간인의 출입은 금지되었고, 고원 주변의 평야에는 마을 대신 군사용으로 사용되는 기지나 초소만이 드문드문 지어진 상태였다.

하지만 제아무리 드래곤이라 해도, 절대 잡을 수 없는 불멸의 존재는 아니다.

전생에 인류 저항군은 총 세 마리의 드래곤을 해치웠다.

물론 쉬운 일은 아니었다. 지구로 소환된 몬스터 중에서는 가장 크고 압도적인 힘을 자랑했다.

하지만 그것도 소드 마스터나 아크 위저드에 비하면 상대적으로 쉬운 상대였다.

실질적인 화력은 비슷할지 몰라도, 덩치가 압도적으로 큰 덕분에 그만큼 화력을 집중하기도 용이했다.

확실한 사실은, 적어도 소드 마스터라면 일대일로 충분히 잡을 수 있을 몬스터라는 것이다.

그리고 신성제국엔 소드 마스터가 존재했다.

또한 군이 소드 마스터가 아니더라도, 2, 3단계 소드 익스퍼트들이 모이면 희생을 감수하더라도 제압이 가능할 것이다.

그래서 난 스텔라에게 질문했다.

"신성제국은 왜 그동안 드래곤을 퇴치하지 않은 거지? 잡으면 여러 가지 이득이 있을 텐데."

"이득?"

"주변에 피해를 막을 수 있고, 이 넓은 고원을 활용할 수도 있겠지. 그리고 사냥에 동원된 자들의 특수 스텟도 올라갈 테고."

"아, 그건 이유가 있어. 그러니까……."

스텔라는 과거의 기억들을 끄집어내려는 듯, 잠시 고민하다 말했다.

"우선 대신전이 막았어."

"대신전이? 왜?"

"나도 몰라. 하지만 결국 지구로 보내기 위해서가 아닐까? 실제로 그렇게 했고."

사실이다. 나는 직접 참전했던 드래곤 섬멸 작전을 떠올리며 고개를 끄덕였다.

"그렇군. 드래곤은 소드 마스터가 귀환하기 전까지는 최악의 상대였으니까."

"그리고 잡고 싶어도 몸을 숨기고 있으면 발견할 수가 없어. 지금도 그런 상태고. 내가 포획 팀에 섞여 있을 때도… 정말 무식한 방법으로 억지로 찾아내더라."

"어떤 방법이지?"

"마법사를 전부 동원해서 억지로 두들겨 깨웠어. 이 넓은 고원을 하나씩 전부 말이야. 나중엔 막 아크 위저드까지 동원해서 운석을 쏟아붓더라."

그녀는 마치 그리운 추억을 떠올리듯 빙긋 웃었다. 나는 엘프 마을을 떠난 이후로, 그녀의 기분이 점점 좋아지고 있다는 것을 느끼며 고개를 끄덕였다.

"그렇다면 드래곤은 고원의 땅속에 숨어 있는 거군. 지난 백 년 동안 목격되지 않은 것도 마찬가지의 이유고."

"맞아. 하지만 우린 그럴 필요가 없어. 이미 어디 있는지 알고 있으니까."

스텔라는 멀리 펼쳐진 분지를 손가락으로 가리켰다.

"바로 저기?"

나는 심호흡을 하며 그녀에게 말했다.

"스텔라, 너는 일단 멀리 떨어지는 게 좋겠다."

"걱정하지 마. 내가 이런 곳에서 드래곤에게 죽을 일은 벌어지지 않을 테니까."

그녀는 자신의 운명을 확신하고 있었다. 나는 그녀의 어깨를 잡으며 고개를 저었다.

"하지만 죽진 않더라도 팔다리가 날아간 적은 있었다고 했지? 그럼 곤란해. 그러니 최대한 멀리 떨어져."

"알았어. 명령대로 할게. 그런데 말이야."

그녀는 어깨에 얹은 내 손을 잡으며 말했다.

"솔직히 말해서, 난 지금 기분이 정말 좋아."

"그건 다행이군. 넌 언제나 우울해 보였으니까."

"지금도 그래. 하지만 그래도 좋아. 이런 건 처음이거든. 내가 선택한 사람과 다시 만난 것도 처음이고, 내가 가지고 있는 지식들을 이렇게 유용하게 활용하는 것도 처음이야. 난 정말 뭐든지 알고 있는데… 정작 그걸 쓸 수 있는 상황은 거의 없었어."

그래서일까? 스텔라는 정말 기를 쓰고 나를 쫓아왔다.

장소와 위치, 그리고 방법만 알려준다면 나 혼자서도 할 수 있었을 텐데, 그녀는 굳이 자신이 동행해야 한다고 고집을 부렸다.

"하지만 지금은 달라. 주한… 내가 알고 있는 모든 걸 활용해서 당신을 강하게 만들어줄 거야."

그녀는 한 걸음 뒤로 물러나며 웃었다.

"그렇다고 벌써부터 감동하진 마. 나는 아직 시작도 안 했으니까."

＊　　　＊　　　＊

나는 눈앞에 펼쳐진 분지의 중심부를 향해 컴팩트 볼을 날렸다.

콰과과과과과과광!

마치 맨땅에 삽질을 하는 것 같다.

하지만 결과는 확실했다.

쿠구구구구…….

곧바로 땅 전체가 진동하기 시작했다.

동시에 분지의 중심부를 시작으로 지면에 균열이 발생하기 시작했다.

거미줄처럼.

그리고 거미줄이 무너지며, 거대한 무언가가 지상으로 몸을 내밀었다.

드래곤.

하지만 일반적인 이미지와는 많이 다르다. 기본적으로는 공룡을 변형시킨 듯한 몸체지만, 마치 곤충처럼 딱딱한 외피에 싸여 있다.

전생에는 40문의 다연장 로켓, 그리고 120문의 자주포의 집중사격을 받아내고도 버텨낸 껍질이다.

저것을 파괴하기 위해 인류 저항군은 최신 벙커 버스터 여섯 발을 동시에 투하해야 했다.

하지만 지금은 다르다.

우선 껍질의 색이 다르다. 전생에는 검은색이었지만, 지금은 어딘가 부실해 보이는 연한 갈색을 띠고 있다.

나는 공격 직전에 녀석을 스캐닝했다.

이름: 어스 드래곤

종족: 드래곤, 군주

레벨: 51

특징: 레비그라스에 존재하는 몬스터의 정점에 위치한 존재. 생의 대부분을 땅속에서 수면기로 보낸다. 수백 년 단위로 깨어나 활동하며, 자신의 영역에 들어온 모든 동물을 제거한 다음 다시 수면기에 들어간다. 모든 면에서 최강의 몬스터지만, 수면기에서 깨어난 직후엔 대단히 취약하다.

근력: 456(881)

체력: 343(916)

내구력: 289(1,288)

정신력: 11(51)

항마력: 178(889)

특수 능력

오러: 0

마력: 177(889)

신성: 0

저주: 518(518)

마법: 대지(총17종류)

고유 스킬: 어스 브레스(상급), 포이즌 브레스(상급), 어스퀘이크, 군주의 포효(상급)

정상적인 상태였다면 실로 감당하기 힘들 만큼 강력했을 것이다.

우주 괴수로 변신했던 루도카보다도 더욱.

하지만 지금은 약하다. 특히 최대치가 천이 넘는 내구력은 300조차 남아 있지 않다.

"내가 왜 가장 먼저 여기 있는 드래곤을 첫 번째 목표로 잡은 줄 알아?"

스텔라는 미리 웃으며 설명해 주었다.

"가장 쉽기 때문이지."

나도 웃으며 중얼거렸다.

그리고 곧장 지면을 박차며 분지를 향해 몸을 날렸다. 노바로스의 강화와 오러는 이미 발동시킨 상태였다.

드래곤은 아직 땅속에서 몸을 다 꺼내지도 못한 상태였다.

쿠오오오오오오오오!

녀석은 긴 목을 하늘로 치켜 올리며 포효했다. 덕분에 짧은 순간이지만 눈앞이 아찔하며 어지러워졌다.

군주의 포효.

과거에 샌드 웜 킹도 사용했던 이 기술은 말 그대로 넓은 지역에 동시에 스턴을 거는 기술이다.

하지만 지금 내겐 안 통한다.

"군주의 포효의 기본 효과는 2단계 소드 익스퍼트 이상의 전사가 오러를 발동시키면 막아낼 수 있어. 그러니 신경 안 써도 돼."

스텔라는 녀석이 깨어나자마자 군주의 포효를 쓰리라는 것까지 미리 알려주었다.

내가 신경 써야 할 것은 오직 두 번의 공격뿐이다.

첫 일격은 녀석의 거대한 등골 위에서 시작되었다. 나는 녀석의 등에 착지와 동시에 껍질의 틈 사이로 칼을 찔러 넣었다.

별다른 기술 없이, 가볍게 오러 소드만 발동시킨 채로.

평소 같으면 씨알도 안 먹혔을 것이다. 하지만 지금은 이걸로도 충분했다.

콰직!

칼날이 순간적으로 적의 몸속으로 파고들어 간다. 나는 곧바로 도려내듯 살 껍질을 파내며 틈을 만들었다.

코오오오오!

드래곤이 고통의 비명을 지르며 몸부림쳤다.

나는 다시 한 번 칼끝을 살 속에 찔러 박았다. 그리고 전력을 다해 균형을 잡으며 타이밍을 기다렸다.

다행히 오래 기다릴 필요는 없었다.

녀석은 곧바로 긴 목을 뒤로 틀어, 내 쪽을 향해 아가리를 벌렸다.

그것은 지극히 자연스럽고, 빠르며 민첩한 움직임이었다.

내가 예상했던 그대로.

덕분에 나는 미리 준비했던 컴팩트 볼을 녀석의 입속으로 정확히 던져 넣을 수 있었다.

순간 폭발이 먼저 터졌고.

콰과과과과과과광!

동시에 연녹색의 브레스가 내 쪽으로 뿜어졌다.

하지만 나는 이미 그곳에 없었다.

"어스 브레스는 황색, 포이즌 브레스는 녹색이야. 둘 중에 어떤 걸 먼저 뿜을지는 나도 몰라."

나는 스텔라의 말을 떠올리며 드래곤의 머리를 향해 도약했다.

머리통만 해도 나보다 두 배는 크다.

그리고 모든 껍질 중에 가장 견고한 껍질에 싸여 있으며.

그 안에 두개골은 녀석의 모든 뼈 중에 가장 단단하다.

"하지만 브레스를 뿜는 중에는 약간의 틈이 벌어져. 수많은 지구인이 엄청난 시행착오 끝에 알아낸 약점이야."

약점은 두 눈을 대각선으로 잇는 삼각형의 꼭지였다. 나는 그곳을 향해 단숨에 칼을 꽂아 넣었다.

콰지지직!

두꺼운 껍질이 한 번에 쪼개졌다.

그리고 그 안에 구축된 견고한 두개골 속으로 파고든다. 나는 칼끝에 부드러운 것이 닿은 것을 느끼며 몸을 웅크렸다.

떨어지지 않기 위해서.

쿠오어어어어어어어!

브레스를 멈춘 드래곤이 괴성을 지르며 사방으로 머리를 뒤흔들기 시작했다. 나는 온 세상에 마구잡이로 뒤집히는 것을 느끼며 가까스로 마법을 사용했다.

"일단 두개골 안쪽에 칼이 박혔으면 마법을 써. 화염이나 냉기 중에 아무거나."

내가 쓴 것은 셀리아 왕녀에게 전수받은 프로스트 노바였다.

그 순간, 맹렬한 눈보라와 함께 단단한 얼음덩어리들이 휘몰아쳤다.

휘이이이이이이이익!

순간 결집된 얼음들이 사방에 휘몰아쳤다.

목표는 드래곤의 머리지만, 딱히 얼음덩어리를 그곳에 맞힐 필요는 없었다.

'괜히 명중시키는 데 주력하다간 내가 더 피해가 클 테니까.'

드래곤의 머리에 얼음 폭풍을 쏟아부으면, 그곳에 칼을 꽂아 넣고 버티고 있는 내가 더 많이 얻어맞을 것이다.

중요한 건 냉기 그 자체였다. 나는 뿌리까지 박아 넣은 칼날에 서리가 맺히는 것을 보며 입술을 깨물었다.

드래곤의 두개골 속으로 냉기를 전달한다.

그것이 이번 사냥의 최종 목표였다. 그리고 목표를 달성한 순간, 거대한 드래곤은 너무도 간단하게 제압되었다.

쿠으으으으으……

녀석은 신음 소리를 내며 주저앉았다.

그걸로 끝이었다.

뇌가 얼어붙은 것이다.

전생에 그 엄청난 화력을 쏟아부어도 꿋꿋하게 버텨냈던 드래곤이, 고작 칼침 한 번에 죽은 듯이 잠들어 버렸다.

아니, 잠든 듯이 죽어버렸다.

이름: 어스 드래곤의 시체

종류: 특수 재료, 음식

특수 효과: 온몸의 각 부위가 강력한 마법 도구의 재료로 사용된다. 뿔과 눈알과 심장과 혈액이 대표적이다.

나는 스캐닝을 하며 긴 한숨을 내쉬었다.

"이게 이렇게 간단히 죽는 몬스터였단 말인가……."

그리고 전율했다.

정확히 어느 정도의 스텟이 올랐는지는 모르지만, 나는 곧바로 레벨이 올랐다는 것을 직감했다.

그러자 분지 위쪽에서 스텔라의 목소리가 들렸다.

"끝났어? 그럼 올라와서 점심을 먹는 게 어때?"

마치 피크닉이라도 나온 듯한 분위기였다. 나는 식은땀을 닦아내며 드래곤의 시체에서 칼을 뽑아냈다.

*　　　*　　　*

점심은 마지막으로 출발했던 마을에서 미리 사놓은 빵과 고기였다.

안타까운 일이지만, 신성제국의 음식은 전체적으로 맛이 없었다.

하지만 우리들은 며칠 동안은 그 맛없는 음식을 더 먹어야 했다.

스텔라의 말처럼 어스 드래곤의 사냥은 아직 시작에 불과했다. 그녀는 신성제국의 오지에 살고 있는 다양한 몬스터들을 향해 날 안내하기 시작했다.

　　　　*　　　　　*　　　　　*

　두 번째로 사냥한 건 '플라이 웜 킹'이었다.

　이름만 들어도 샌드 웜 킹과 동격인 몬스터였다. 하지만 하늘을 날아다닌다는 것만 봐도 사냥이 훨씬 더 어려우리란 건 불 보듯 뻔했다.

　하지만 스텔라는 이번에도·낙관했다.

　"물론 드래곤보다는 귀찮을 거야. 하지만 주한, 지금의 당신이라면 그렇게 까다롭진 않을 거야."

　우리가 향한 곳은 기가트란 고원에서 좀 더 북쪽에 있는 그라운이란 이름의 산맥이었다.

　이 산맥에는 해발 4천 미터를 넘는 아홉 개의 산이 있다. 플라이 웜들은 그중 남쪽에서 두 번째에 있는 '마르카'라는 산의 정상 부근에 다수가 서식하고 있었다.

　"플라이 웜 킹은 거의 항상 그라운 산맥의 상공을 날아다니고 있어. 그래서 정상적인 방법으로는 잡을 수 없어."

　스텔라는 멀리 보이는 산 정상을 보며 말했다. 나는 정상 주변에 날아다니는 무수한 웜들을 보며 대답했다.

　"저것들은 전부 그냥 플라이 웜인가?"

　"응. 그리고 저걸 다 죽여야 플라이 웜 킹이 여기 마르카 산의 정상으로 돌아와."

"…저게 다 몇 마리인데?"

"내 기억이 맞는다면 50마리 정도."

그래서 나는 먼저 50여 마리의 플라이 웜을 전부 사냥했다.

『리턴 마스터』 8권에 계속…